**CÍRCULO
DE POEMAS**

# Cantos à beira-mar
# e outros poemas

## Maria Firmina dos Reis

*Organização*
LUCIANA MARTINS DIOGO

APRESENTAÇÃO
9   A trajetória poética de Maria Firmina dos Reis
    *Luciana Martins Diogo*

CANTOS À BEIRA-MAR (1871)

21  Dedicatória
24  Uma lágrima
27  Minha terra
31  A lua brasileira
35  Uma tarde no Cumã
37  Súplica
40  À minha carinhosa amiga a exma. sra. d. Inês Estelina Cordeiro
41  O meu desejo
44  Dirceu
47  O meu segredo
50  Ah! não posso!
51  Tributo de amizade
53  Sonho ou visão
55  Vai-te
56  Por ocasião da passagem de Humaitá
61  Por ocasião da tomada de Villeta e ocupação de Assunção

63   Melancolia
65   No álbum de uma amiga
67   Ela!
68   Seu nome
70   Meus amores
72   Esquece-a
73   Recordação
75   Confissão
76   Poesia
78   À recepção dos voluntários de Guimarães
80   Poesias
82   Poesia
84   Te-Déum
88   Visão
93   A mendiga
100  O volúvel
103  O lazarento
106  Um bouquet
108  Não, oh! não
111  O proscrito
115  A dor, que não tem cura
117  O Dia de Finados
119  Queixas
121  Hosana
124  Canto
127  O pedido
128  Amor
129  Cismar
131  Itaculumim
136  À minha extremosa amiga d. Ana Francisca Cordeiro
138  Meditação

141 Nas praias do Cumã
142 Embora eu goste
145 Não quero amar mais ninguém
147 Minha alma
149 Desilusão
152 A vida é sonho
154 Nênia
157 À partida dos voluntários da pátria do Maranhão
160 Uns olhos
161 A uma amiga

OUTROS POEMAS

165 Poesias oferecidas à minha extremosa amiga a exma. sra. d. Teresa de Jesus Cabral por ocasião da sentidíssima morte de seu inocente filho Leocádio Ferreira de Sousa
168 Oferecidos à exma. sra. d. Teresa Francisca Ferreira de Jesus
170 Minha vida
172 Por ver-te
174 A uns olhos
175 Não me ames mais
177 Saudades
179 A constância
181 Dedicação
184 Ao amanhecer e o pôr do sol
187 A vida
189 Não me acreditas!
191 Meditação
194 Amor perfeito
197 Elvira — romance contemporâneo

- 205 Hosana
- 207 T...
- 210 O canto do tupi
- 212 À minha amiga Terezinha de Jesus
- 214 Meditação
- 217 [Em vão te estende desolada amante]
- 219 A ventura
- 220 Um artigo das minhas impressões de viagem
- 226 O menino sem ossos
- 228 Nênia — a sentidíssima morte de Raymundo Marcos Cordeiro
- 231 Uma lágrima — a sentida morte da minha amiga d. Isabel Aurora de Barros Macedo
- 233 Prantos
- 234 À estremecida Madasinha Serra
- 237 Nênia — a sentida morte da menina d. Júlia Sá
- 239 Uma lágrima sobre o túmulo de Manuel Raimundo Ferreira Guterres
- 240 Salve!
- 241 À exma. sra. d. Ana Esmeralda M. Sá
- 242 Um brinde à noiva
- 243 Ao digníssimo colega o sr. Policarpo Lopes Teixeira
- 244 Poesia recitada por ocasião das bodas do sr. Eduardo Ubaldino Marques

- 247 POSFÁCIO
  A poesia romântica de Maria Firmina dos Reis
  *Juliano Carrupt do Nascimento*
- 266 FONTES UTILIZADAS
- 269 ÍNDICE EM ORDEM ALFABÉTICA DOS TÍTULOS DOS POEMAS

APRESENTAÇÃO

# A trajetória poética de Maria Firmina dos Reis

LUCIANA MARTINS DIOGO

Maranhense de São Luís, Maria Firmina dos Reis nasceu em 11 de outubro de 1825 e faleceu em 1917. Neta de Engrácia Romana da Paixão e filha de Leonor Felipa dos Reis — ambas mulheres escravizadas e alforriadas — que serviram ao comendador Caetano José Teixeira, traficante de escravos, comerciante e grande proprietário de terras local. Foi nessa condição que Leonor Felipa conseguiu alfabetizar a filha e despertar nela o amor pela literatura, incentivando-a a escrever, cantar e pensar, como declara a autora na dedicatória de seu livro de poesias *Cantos à beira-mar*:

> Minha Mãe! — as minhas poesias são tuas.
> [...]
> É a ti que devo o cultivo de minha fraca inteligência — a ti, que despertaste em meu peito o amor à literatura — e que um dia me disseste:
> Canta!
> Eis pois, minha mãe, o fruto dos teus desvelos para comigo — eis as minhas poesias — acolhe-as, abençoa-as do fundo do teu sepulcro.

Deste modo, estimulada pela mãe a seguir nos estudos, a escritora foi uma autodidata que se tornou professora, poeta, prosadora, romancista, jornalista e musicista. Inaugurou assim um espaço pioneiro para as mulheres no Brasil do século XIX, utilizando seus talentos nos campos da escrita, da educação, da política, da imprensa, da música e da cultura popular. Para isso, insubordinada, Maria Firmina teve de romper com os paradigmas impostos às mulheres de sua época, promovendo a desconstrução do imaginário patriarcal vinculado a elas e contribuindo para a construção de novas concepções da identidade feminina, alargando, assim, também o campo das ideias e dos costumes.

Pelo prestígio que a função de professora e artista lhe conferia, suas ideias influenciaram as pessoas de seu tempo e de seu espaço mais próximo. Podemos inferir que a posição social de intelectual reconhecida e respeitada em sua localidade pode ter contribuído para que seus conterrâneos se aproximassem dos debates sobre a condição das mulheres, a situação dos indígenas e a abolição — temas presentes em sua obra que começavam a fermentar à época. Assim, foram essas *tomadas de posição* que possibilitaram a Maria Firmina dos Reis a instauração de uma nova forma de imaginação literária no século XIX, na qual personagens negras são representadas de formas mais complexas, reveladoras de suas subjetividades; personagens indígenas são representadas a partir de seu protagonismo nas relações com os colonizadores; e a construção das personagens mulheres evidencia as diferentes formas de opressão que recaíam sobre a mulher negra, a mulher indígena e a mulher branca de elite ou a mulher branca dos setores livres pauperizados, instaurando também possibilidades para se pensar a condição feminina de maneira interseccional.

Embora, atualmente, a sua faceta como romancista sobressaia — entre 2017 e 2022, foram publicadas 22 novas edições do romance *Úrsula* (1859) —, em vida Maria Firmina dos Reis foi mais reconhecida pela produção poética. Suas composições foram fortemente marcadas pela presença do mar e da praia elaborados como elementos de beleza, meditação ou melancolia, evidentes em poemas como "Uma tarde no Cumã", "Nas praias do Cumã", "Cismar", "Itaculumim", "Meditação" ou "Melancolia"; destacam-se ainda a exaltação da terra e o nacionalismo presentes em poemas sobre a Guerra do Paraguai, como "Por ocasião da tomada de Villeta e ocupação de Assunção", que celebra o caráter guerreiro e vitorioso dos indígenas; a temática indianista estabelece uma interlocução entre a poesia e a prosa firminianas, mais especificamente com a novela *Gupeva*, publicada pela autora em 1861. Suas composições são caracterizadas também pela crítica da opressão patriarcal presente em poemas como "No álbum de uma amiga", "À minha extremosa amiga d. Ana Francisca Cordeiro", "Minha alma", "Confissão" e "Não quero amar mais ninguém"; grande parte de sua produção, no entanto, é dedicada a render homenagens a pessoas ilustres, como nos poemas "Minha terra", oferecido a Francisco Sotero dos Reis; "Te-Déum", oferecido ao poeta Gentil Homem de Almeida Braga, ou "Por ocasião da passagem de Humaitá", dedicado ao poeta maranhense João Clímaco Lobato, que nove anos antes havia dedicado o seu romance *A virgem da tapera* à Maria Firmina; essas "trocas" eram práticas muito comuns entre escritores da época e revelam também as estratégias e as redes de relações que a autora utilizou para inserir-se e manter-se no *campo literário* maranhense.

Na década de 1860, Maria Firmina dos Reis publicou intensamente na imprensa do Maranhão. Seu primeiro poema veio a lume em 19 de dezembro de 1860, no jornal *A Imprensa*, sob o título "Poesias oferecidas à minha extremosa amiga a exma. sra. d. Teresa de Jesus por ocasião da sentidíssima morte de seu inocente filho Leocádio Ferreira de Sousa". Daí em diante, o nome de Maria Firmina será encontrado em diversos periódicos (*Pacotilha*, *Eco da Juventude*, *Semanário Maranhense*, *O Jardim das Maranhenses*, *O Federalista*, *A Verdadeira Marmota*, *Almanaque de Lembranças Brasileiras*, entre outros), assinando textos que transitam entre as formas romance, poesia, enigmas, charadas, novelas e prosa poética.

No periódico *O Jardim das Maranhenses* — uma publicação dirigida por homens, mas voltada para o público feminino — Maria Firmina dos Reis foi a única mulher que colaborou assinando o próprio nome. A autora começou a sua colaboração a partir do número 23 do periódico, em 20 de setembro de 1861. Nele, Maria Firmina deixou de lado temáticas relacionadas ao amor e à moralidade e trouxe um olhar íntimo na poesia, com uma fala que atravessava a intimidade feminina, conseguindo, assim, maior identificação por parte de outras leitoras. Com isso, Maria Firmina promoveu toda uma mudança de dinâmica e de estrutura das páginas do jornal e seus trabalhos passaram a ser destacados nas primeiras páginas. Ela foi a segunda autora que mais publicou nesse periódico.*

Já em 2 de janeiro de 1871, o *Publicador Maranhense* (n. 1) anunciou a futura publicação de *Cantos à beira-mar*, o único livro de poemas da autora. Entre maio e setembro de 1872, Maria Firmina colaborou no jornal literário *O Domingo* com o texto "Um artigo das minhas impressões de viagem — página íntima", continuado em três números. Após esse período, suas publicações em jornais desapareceram e passaram-se treze anos sem seus escritos circulando pela imprensa, ainda que os diários ("álbum") revelassem que a produção literária não se interrompeu.

O período entre 1885 e 1908 também foi marcado por pouca publicação literária em jornais, mas por maior circulação do nome da escritora associado a acontecimentos da pequena vila de Guimarães: festas, noivados, casamentos. Essa presença em eventos sociais será ao mesmo tempo tema e cenário de "A escrava", conto publicado em 1887 na *Revista Maranhense*; nele, a narrativa acontece justamente em um salão, numa "reunião entre pessoas ilustres da sociedade".

A exemplo disso, destacamos o poema "Um brinde à noiva", datado de 21 de julho de 1900, que foi escrito por Maria Firmina especialmente para o casamento de sua ex-aluna, Ana Esmeralda M. Sá. Já o poema publicado em 19 de maio de 1903, no jornal *O Federalista*, oferecido "Ao digníssimo colega o sr. Policarpo Lopes Teixeira", foi escrito por ocasião da cerimônia de formação de alunos que

---

* SOUZA, Natália Lopes de. "A experiência editorial de Maria Firmina dos Reis no periódico O Jardim das Maranhenses". *Revista Aedos*, [S. l.], v. 12, n. 26, pp. 424-52, 2020. Disponível em: <www.seer.ufrgs.br/index.php/aedos/article/view/96840>. Acesso em: out. 2022.

passaram pelos exames da aula de Francisco Sotero dos Reis, ocorrida em 30 de abril de 1903, a qual ficou registrada na nota do dia 20 de maio de 1903, em que *O Federalista* faz a seguinte referência: "Pela senhorita Anicota Matos foi recitada uma linda poesia da exma. d. Maria Firmina dos Reis oferecida ao sr. professor Policarpo Teixeira". A última produção conhecida de Maria Firmina dos Reis, atualmente, é do ano de 1908: "Poesia recitada por ocasião das bodas do sr. Eduardo Ubaldino Marques", publicada em 20 de fevereiro, no jornal *Pacotilha*.

Mencione-se, ainda, que José Nascimento Morais Filho também registrou letras de músicas atribuídas a Maria Firmina. Na década de 1970, o pesquisador esteve na cidade de Guimarães, local onde a autora viveu por setenta anos, e colheu depoimentos de filhas e filhos de criação da autora, ex-alunas e outras pessoas que conheceram a poeta. A memória popular lhe atribuiu sete composições musicais, dentre elas, o "Hino à liberdade dos escravos", composto para celebrar a abolição da escravatura em 1888; "Valsa", que seriam versos de Gonçalves Dias, musicados por Maria Firmina; "Auto de bumba meu boi", em que ela compôs letra e música, ou ainda o auto natalino "Pastor estrela do oriente".

Maria Firmina também exercitou a escrita de versos na forma das "charadas" e "logogrifos", gêneros muito comuns nas seções de entretenimento dos periódicos do século XIX, cujas decifrações eram publicadas nos números subsequentes dos jornais. E escreveu poemas em seu diário pessoal, como "À minha amiga Terezinha de Jesus", de 19 de novembro de 1865, que decidimos incluir nesta edição como exemplo dessa produção que não chegou aos jornais, mas que apresentava a alta qualidade de sua poesia.

Nos diários incluídos por Nascimento Morais Filho em *Maria Firmina: fragmentos de uma vida*, a artista ensaiava e experimentava sua escrita literária, dedicando versos a pessoas queridas, como é o caso da quadrinha que a autora registrou em memória de Guilhermina: "Descansas no sepulcro, irmã querida,/ Filha do Céu, remonta à essência./ Descansa das fadigas desta vida;/ Desta penosa, e ardida existência!".

Guilhermina Amélia dos Reis foi escrava da tia de Maria Firmina, Henriqueta, e era considerada uma irmã pela autora. Ela teve quatro filhos, mas duas meninas, Maria Amélia de Avelar, que foi batizada em 14 de dezembro de 1856, e Otávia, batizada em 4 de abril de 1858, pertenciam a Leonor, mãe da escritora. Insubordinadamente, Maria Firmina alforriara as duas meninas na pia batismal, sendo que, nas duas ocasiões, ela se passa por proprietária das meninas, porque estava tomando essa iniciativa à revelia da própria mãe, uma vez que Maria Firmina não possuía uma procuração assinada, exigência legal da época. Este fato é atestado pelo biógrafo da autora, Agenor Gomes. Além disso, as filhas de Guilhermina foram alfabetizadas por Maria Firmina dos Reis. No diário da autora, há ainda poemas que amigos e filhos deixaram em sua homenagem. A sua amiga Teresa de Jesus Cabral e seu amigo Marcos Raimundo Cordeiro, por exemplo, a quem Maria Firmina dedica poemas publicados, deixaram também poemas registrados em seu "álbum". Já o último registro do diário é exatamente a anotação de um poema escrito por Óton, filho de criação da autora, dedicado à mãe.

Agora, para olharmos mais detidamente para essa grande poeta, temos em mãos a primeira edição que reúne *Cantos à beira-mar* e outros 35 poemas em um só volume. Este livro é o mais completo já dedicado à poesia de Maria Firmina e, como toda edição de sua obra, se beneficia do trabalho pioneiro e decisivo do pesquisador e poeta Nascimento Morais Filho, também maranhense, que, entre outros feitos firminianos, realizou a edição fac-similar de *Cantos à beira-mar*, em 1976, depois de ter organizado o fundamental *Maria Firmina: fragmentos de uma vida*, em 1975, que recuperou os textos publicados por ela na imprensa maranhense, junto a registros de seu diário e informações e documentos que estavam praticamente perdidos nas hemerotecas do século XIX.

O cotejo entre as edições anteriores da poesia de Maria Firmina revela diversos problemas, como a supressão de estrofes e até a troca de trechos entre um poema e outro, que nos esforçamos para corrigir aqui a partir das publicações originais. Além de revisar a obra poética conhecida de Maria Firmina, esta edição também se empenhou em apresentar alguns poemas que são "novidade" mesmo para o leitor que teve acesso ao fac-símile de *Cantos à beira-mar* (1976) e à coletânea *Maria Firmina: fragmentos de uma vida* (1975): "Nênia — a sentidíssima morte de Raymundo Marcos Cordeiro" (1881), "O menino sem ossos" (1880), "Prantos" (1885) e "Poesia recitada por ocasião das bodas do sr. Eduardo Ubaldino Marques" (1908), recuperados recentemente, a partir de 2017, por pesquisadores como Jéssica Catharine Barbosa de Carvalho e Sérgio Barcellos Ximenes. Do mesmo modo, não se pode descartar outras descobertas com relação à obra de Maria Firmina, que certamente teremos prazer em incorporar às futuras edições desta obra.*

O trabalho de recuperação e divulgação da obra de Maria Firmina dos Reis tem sido realizado coletivamente por movimentos sociais, academias de letras e outras instituições, como a Hemeroteca Digital Brasileira da Biblioteca Nacional e a Biblioteca Brasiliana Guita e José Mindlin, da Universidade de São Paulo, e principalmente por pesquisadoras e pesquisadores de diferentes locais e gerações, aos quais agradecemos na pessoa daqueles aqui citados, por manterem viva a obra de Maria Firmina dos Reis!

---

* A pesquisa nos jornais maranhenses da época tem revelado informações que apontam para outros textos que Maria Firmina dos Reis teria publicado, inclusive fora de seu estado natal: uma nota publicada no *Diário do Maranhão*, em 11 de janeiro de 1901, divulgava o recebimento de um exemplar de uma publicação vinda do Pará, e da qual destacava a contribuição da poeta.

# Cantos à beira-mar
## (1871)

# *Dedicatória*

*À memória de minha veneranda mãe*

Minha Mãe! — as minhas poesias são tuas.

É uma lágrima que verto sobre tuas cinzas! acolhe-as, abençoa-as para que elas te possam merecer.

Debruçada sobre o teu peito, embalde, oh! minha mãe — no extremo da dor, e da aflição procurei inocular o calor do meu sangue nas veias onde o teu gelava-se ao hálito da morte!... verti lágrimas de pungente saudade, de amargura infinda sobre a tua humilde sepultura, como havia derramado sobre o teu corpo inanimado.

A dor era cada vez mais funda, mais agra e cruciante — tomei a harpa — vibrei nela um único som — uma nota plangente, saturada de lágrimas e de saudade...

Este som, esta nota, são os meus cantos à beira-mar.

Ei-los! É uma coroa de perpétuas sobre a tua campa — é uma saudade infinda com que meu coração te segue noite, e dia — é uma lágrima sentida, que dedico à tua memória veneranda.

Se alguma aceitação merecerem meus pobres cantos, na minha província, ou fora dela — se um acolhimento lisonjeiro lhes dispensar alguém; oh! minha mãe! essa aceitação, esse acolhimento será uma oferenda sagrada — uma rosa desfolhada sobre a tua sepultura!...

Sim, minha mãe... que glória poderá resultar-me das minhas poesias, que não vá refletir sobre as tuas cinzas!?!...

É a ti que devo o cultivo de minha fraca inteligência — a ti, que despertaste em meu peito o amor à literatura — e que um dia me disseste:

Canta!

Eis pois, minha mãe, o fruto dos teus desvelos para comigo — eis as minhas poesias — acolhe-as, abençoa-as do fundo do teu sepulcro.

É ainda uma lágrima de saudade — um gemido do coração...

*Guimarães, 7 de abril de 1871*
Maria Firmina dos Reis

Oh! minha mãe! oh! minha mãe querida,
Que vácuo n'alma — que cruel saudade!
Deixa que lance sobre o teu sepulcro
A roxa c'roa de imortal saudade.

Fraco tributo — mas no imo peito
As eduquei com amargurado pranto;
Hoje as esfolho perfumosas, tristes,
Ao som choroso do meu pobre canto.

## *Uma lágrima*

*Sobre o sepulcro de minha carinhosa mãe*

E eu vivo ainda!? Nem sei como vivo!...
Gasto de dor o coração me anseia:
Sonho venturas de um melhor porvir,
Onde da morte só pavor campeia.

Lá meus anseios sob a lousa humilde
Dormem seu sono de silêncio eterno!
Mudos à dor, que me consome, e gasta.
Frios ao extremo de meu peito terno.

Ah! despertá-los quem pudera? Quem?
Ah! campa... ah, campa! Que horror, meu Deus!
Por que tão breve — minha mãe querida —
Roubaste, oh morte, destes braços meus?!!...

Oh! não sabias que ela era a harpa
Em cujas cordas eu cantava amores,
Que era ela a imagem do meu Deus na terra,
Vaso de incenso trescalando odores?!

Que era ela a vida, os horizontes lindos,
Farol noturno a me guiar pra os céus;
Bálsamo santo a serenar-me as dores,
Graça melíflua, que nos vem de Deus!

Que ela era a essência que se erguia branda
Fina, e mimosa de uma relva em flor!

Que era o alaúde do bom rei — profeta,
Cantando salmos de saudade, e dor!

Que era ela o encanto de meus tristes dias,
Era o conforto na aflição, na dor!
Que era ela a amiga, que velou-me a infância,
Que foi a guia desta vida em flor!

Que era o afeto, que eduquei cuidosa
Dentro do peito... que era a flor
Grata, mimosa a derramar perfumes,
Nos meus jardins de poesia, e amor!

Que era ela a harpa de doçura santa
Em que eu cantava divinal canção...
Era-me a ideia de Jeová na terra,
Era-me a vida que eu amava então!

Oh! minha mãe que idolatrei na terra,
Que amei na vida como se ama a Deus!
Hoje, entre os vivos te procuro — embalde!
Que a campa pesa sobre os restos teus!...

Como se apura moribunda chama
À hora extrema da existência sua;
Assim minh'alma se apurou de afetos,
Gemeu de angústias pela angústia tua.

E não puderam minha dor, meu pranto,
Pranto sentido que jamais chorei,
Oh! não puderam te sustar a vida,
Que entre delírios para ti sonhei!...

E como a flor pelo rufão colhida
Vergada a haste, a se esfolhar no chão,
Eu vi fugir-lhe o derradeiro alento!
Oh! sim, eu vi... e não morri então!

Entanto amava-a, como se ama a vida,
E a minha eu dera pra remir a sua...
Oh! Deus — por que o sacrifício oferto,
Não aceitou a onipotência tua!?!...

Vacila a mente nessa acerba hora
Entre a fé, e a descrença... oh! sim meu Deus!
Estua o peito, verga aflita a alma:
Tu nos compreendes, tu nos vês dos céus.

Vacila, treme... mas na própria mágoa
Tu nos envias o chorar, Senhor;
Bendito sejas! que esse pranto acerbo,
É doce orvalho, que nos unge a dor.

Lá onde os anjos circundam, dá-lhe
Vida perene de imortal candura:
Por cada gota de meu triste pranto,
Dá-lhe de gozos divinal ventura.

E à triste filha, que saudosa geme,
Manda mais dores, mais pesada cruz;
Depois, reúne a sua mãe querida,
No seio imenso de infinita luz.

# *Minha terra*

*Oferecida ao distinto literato o sr. Francisco Sotero dos Reis*

*Minh'alma não está comigo, não anda entre os nevoeiros dos Órgãos, envolta em neblina, balouçada em castelos de nuvens, nem rouquejando na voz do trovão. Lá está ela.*
G. Dias

Maranhão!\* açucena entre verdores,
Gentil filha do mar — meiga donzela,
Que a nobre fronte, desprendida a coma,
Dos seios do oceano levantaste!
Quanto és nobre, e formosa — sustentando
Nas mãos potentes — como cetro d'ouro,
O Bacanga caudal — o Anil ameno!
O curso d'ambos tu, Senhora — domas,
E seus furores a teus pés se quebram.
Oh! como é belo contemplar-te posta
Mole sultana num divã de prata,
Cobrando amor, adoração, respeito;
Dando de par ao estrangeiro — o beijo,
E a fronte ornando de lauréis viçosos!
Pátria minha natal — ninho de amores...
Ai! mísera de mim... quisera dar-te
Na lira minha mavioso canto,
Canto exaltado que elevar-te fora
'Té onde levas a nobreza tua!
Porém o estro deserdado, e pobre,
Sonha, e não pode obrar o seu intento.

\* Ilha de São Luís.

\*

Campeia indolente no leito gentil,
Cercada das vagas amenas, donosas;
Das vagas macias, quebradas, chorosas
Do salso Bacanga, do fértil Anil.

Formosa rainha, c'roada de louros,
Altiva levanta tua fronte gentil;
Que Deus concedeu-te de graças — tesouros,
Criando-te o mimo do vasto Brasil.

Exalta teus filhos fervente entusiasmo
E quebram num dia sangrento grilhão!
Contempla a Europa tal feito — com pasmo...
E bradas: sou livre!... com grata efusão.

\*

Maranhão! açucena entre verdores,
Campeando gentil, bela, e donosa;
Como em haste mimosa altiva rosa,
Como lírio do val cobrando amores.

És ninfa sobre as águas balouçada,
Descuidosa brincando em salsa praia;
No pego mergulhada a nívea saia,
A nobre fronte de festões ornada.

Princesa do oceano! A fronte alçaste
Por tantos séculos abatida, e triste...
Um eco aqui repercutir-se — ouviste,
E as vis algemas sob os pés quebraste!

Quebraste os ferros — que o Brasil não sofre,
Sequer um dia ser escravo — não.
És livre, és grande! Tão sublime ação
Quem fez jamais — e tanto assim de chofre?!...

O grito lá da serra do Ipiranga,
O grito todo amor, fraternidade,
Ecoou no teu seio! A liberdade,
Pairou sobre o Anil, sobre o Bacanga!

Eis-te bela, c'roada, e sedutora,
Pomposa, e descuidada, sobranceira;
Em teu divã gentil, gentil, sultana,
Filha das vagas, e do mar senhora,

✷

A unânime grito se erguia a cativa
        Que jaz a dormir;
E ao som prolongado que os ecos repetem
        Desperta a sorrir!

Os braços distende — que agora é rainha:
        Quebrou-se o grilhão!
Com a fronte cingida de louros tão gratos
        Se ergueu Maranhão!

O pego, as florestas, os campos, que regem
        Os vastos sertões,
Entoam seu hino de amor, liberdade!
        Ao som dos canhões.

E prados, e bosques, e sendas bordadas
        De verdes tapizes,
E ribas salgadas, e gratos mangueiros
        Se julgam felizes...

E as auras despertam, tecendo mimosos
        Festejos a mil!
E o grato Bacanga parece em amplexo
        Ligar-se ao Anil.

✻

Campeia indolente no leito gentil
Domina as florestas os gratos vergéis;
Renova na fronte singelos lauréis,
Esmalta o império do vasto Brasil.

# A lua brasileira

*Oferecida ao ilm. sr. dr. Adriano Manuel Soares*

*Tributo de amizade e gratidão*

É tão meiga, tão fagueira,
Minha lua brasileira!
É tão doce, e feiticeira,
Quando airosa vai nos céus;
Quando sobre almos palmares,
Ou sobre a face dos mares,
Fixa nívea seus olhares,
Que deslumbram os olhos meus...

Quando traça na campina
Larga fila diamantina,
Quando sobre a flor marina
Derrama seu lindo albor;
Quando esparge brandamente
Por sobre a relva virente
Seu fulgor alvinitente
Seu melindroso esplendor...

Quando sobre a fina areia,
Que a vaga beijar anseia,
Molemente ela passeia,
Desdobrando alvo lençol;
Quando ao fim da tarde amena,
Ressurge pura e serena,
Disputando nessa cena
Primores co'o rubro sol...

Que eu sinto meu pobre peito
Comovido, alfim desfeito
Por tanto encanto sujeito,
Por tantos gozos — meu Deus,
E eu vejo os anjinhos teus,
Noutras nuvens, noutros céus,
Novos mundos construir.

Podem outros seus encantos
Ver também — gozar seus prantos;
Pode cantá-la em seus cantos
Qualquer jovem trovador;
Vendo-a bela sobre os montes,
Ou retratada nas fontes,
Surgindo nos horizontes
C'roada de níveo albor.

Mimosa, pura — mas bela
Assim branca, assim singela,
Como pálida donzela,
Que geme na solidão;
Assim leda, acetinada,
Como flor na madrugada,
Pelo rocio beijada,
Beijada com devoção;

Assim em sua frescura,
Com tão maga formosura,
Percorrendo essa planura,
De nossos formosos céus;
Assim não. Assim somente
Mimosa, pura, indolente

A vemos nós... fado ingente
Foi este que nos deu Deus.

Quem não ama vê-la assim
Com a candidez do jasmim,
Espargindo amor sem fim,
Nas terras de Santa Cruz!
Quem não ama entusiasmado
Da noite o astro nevado,
Que com o rosto prateado
Tão meigamente seduz!...

Quem não sente uma saudade,
Vendo a lua em fresca tarde,
Branca — em plena soledade
Vagar nos campos dos céus!...
Quem não tece com fervor,
No peito em que mora a dor,
Um hino sacro de amor,
Um terno hino a seu Deus!...

Eu por mim amo-te, oh! bela,
Que semelhas à donzela,
Com roupas de fina tela,
Com traços de lindo albor;
Que vai pura aos pés do altar,
Por doce extremo de amar,
Ao terno amante jurar,
Lealdade, fé — e amor.

Amor ver-te assim fagueira
Minha lua brasileira,

Qual menina feiticeira,
Que promete, e foge e ri,
E depois, sempre folgando
Vem com beijinhos pagando
Aquele, que a afagando
De novo a chamara a si.

Assim tens meus tristes cantos,
Soltos ao som dos meus prantos,
Que me inspiram teus encantos,
Da noite na solidão;
A meiga lua querida,
Melancólica, e sentida,
Com tua face enternecida,
Minha constante aflição.

## *Uma tarde no Cumã**

Aqui minh'alma expande-se, e de amor
Eu sinto transportado o peito meu;
Aqui murmura o vento apaixonado,
Ali sobre uma rocha o mar gemeu.

E sobre a branca areia — mansamente
A onda enfraquecida exausta morre;
Além, na linha azul dos horizontes,
Ligeirinho baixel nas águas corre.

Quanta doce poesia, que me inspira
O mago encanto destas praias nuas!
Esta brisa, que afaga os meus cabelos,
Semelha o acento dessas fases tuas.

Aqui se ameigam de meu peito as dores
Menos ardente me goteja o pranto;
Aqui, na lira maviosa e doce
Minha alma trina melodioso canto.

A mente vaga em solidões longínquas,
Pulsa meu peito, e de paixão se exalta;
Delírio vago, sedutor quebranto,
Qual belo íris, meu desejo esmalta.

Vem comigo gozar destas delicias,
Deste amor, que me inspira poesia;

* Praias de Guimarães.

Vem provar-me a ternura de tu'alma,
Ao som desta poética harmonia.

Sentirás ao ruído destas águas,
Ao doce suspirar da viração,
Quanto é grato o amor aqui jurado,
Nas ribas deste mar — na solidão.

Vem comigo gozar um só momento,
Tanta beleza a me inspirar poesia!
Ah! vem provar-me teu singelo amor
Ao som das vagas, no cair do dia.

## *Súplica*

Dá, Senhor, que breve passe
Sobre a terra — o meu viver;
Bem vês, a flor desfalece
Da tarde no esmorecer;
Entretanto a flor é bela,
É bela de enlouquecer.

Mas eu triste — eu que na vida
Só hei provado amargura,
Que o sonho de um doce gozo
Não permite a desventura,
Pra que amar a existência
Árdua, mesquinha e tão dura?!...

Pra que viver, se esta vida
É martírio eterno, e lento?
E frágua toda a existência,
É século cada momento:
Pra que a vida, Senhor,
Se a vida vale um tormento!!!...

Dá, Senhor meu Deus, que breve
Se me antolhe a sepultura:
Que vale a vida seus gozos,
Que vale sonhar ventura,
E trago, a trago esgotar,
Fundo cálix de amargura!

Qu'importa a mim, se no bosque,
Canta a mimosa perdiz?
Seu canto tão repassado
De amores — o que é que diz?
Assim da brisa o segredo,
Da flor o grato matiz!...

A onda, que molemente
Na erma praia passeia,
Sente deleite beijando
A branca, mimosa areia,
A onda goza... e eu triste!
Nada me apraz, me recreia.

O vate pulsando a lira,
Embora banhada em pranto,
Sente ungir-lhe o peito aflito
Bálsamo, puro, e bem santo,
Se ele inspirado desfere
Seu dúlio, mimoso canto.

Mas, eu não — não tenho amores,
Não me anima uma ilusão;
Meu sonhar é vago anseio,
Que mais me dobra a aflição;
Sinto gelado meu peito,
Sinto morto o coração.

Morto... morto, nem palpita,
Que funda dor o matou!
Que foram desses anelos,
Dos sonhos que o embalou?

Tudo... tudo jaz desfeito...
Tudo, meu Deus... acabou!

Dá, Senhor, que breve passe
Sobre a terra o meu viver!
É sacrifício perene
Tão agros dias sofrer!
Dá que breve sob a lousa
Meu corpo vá se esconder.

## À minha carinhosa amiga a exma. sra. d. Inês Estelina Cordeiro

Eras no baile de diana a imagem;
Leda miragem, suspirosa virgem!
Quem te não crera no arfar do peito
Anjo sujeito a divinal vertigem!

Um quê havia no sorrir de arcanjo;
Roupagem d'anjo — a revoar aos céus;
Um quê de enlevos, que nem tu — donzela,
Cismavas bela — nos cismares teus.

Não foi delírio de uma alma ardente,
Que às vezes mente por fatal loucura;
Não — eu sentia de te ver — vaidade,
Mulher deidade! — a traduzir candura!

Acaso pode o ideal mais belo,
Que em doce anelo imaginou poeta,
Acaso pode marear teu brilho?
Não: Não tens brilho. Te elevaste à meta;

Deixa beijar o teu sorrir de arcanjo,
Visão — ou anjo a divagar na terra;
E a voz melíflua, divinal, fluente
Nota cadente, que nos ares erra.

Assim eu amo o soluçar da vaga,
Na praia maga — como ver-te amei,
Cheia de encanto — a revelar mistério,
Como o saltério do poeta rei.

# O meu desejo

*A um jovem poeta guimaraense*

Na hora em que vibrou a mais sensível
Corda da tu'alma — a da saudade,
Deus mandou-te, poeta, um alaúde,
E disse: Canta amor na soledade,
Escuta a voz do céu — eia, cantor,
Desfere um canto de infinito amor.

Canta os extremos duma mãe querida,
Que te idolatra, que te adora tanto!
Canta das meigas, das gentis irmãs,
O ledo riso de celeste encanto;
E ao velho pai, que tanto amor te deu,
Grato oferece-lhe o alaúde teu.

E a liberdade — oh! poeta — canta,
Que fora o mundo a continuar nas trevas?
Sem ela as letras não teriam vida,
Menos seriam que no chão as relvas;
Toma por timbre liberdade, e glória,
Teu nome um dia viverá na história.

Canta, poeta, no alaúde teu,
Ternos suspiros da chorosa amante;
Canta teu berço de saudade infinda,
Funda lembrança de quem está distante;
Afina as cordas de gentis primores,
Dá-nos teus cantos trescalando odores.

Canta do exílio com melífluo acento,
Como Davi a recordar saudade;
Embora ao riso se misture o pranto;
Embora gemas em cruel soidade...
Canta, poeta — teu cantar assim,
Há de ser belo enlevador enfim.

Nos teus arpejos juvenil poeta,
Canta as grandezas, que se encerram em Deus,
Do sol o disco — a merencória lua,
Mimosos astros a fulgir dos céus;
Canta o Cordeiro, que gemeu na Cruz,
Raio infinito de esplendente luz.

Canta, poeta, teu cantar singelo
Meigo, sereno como um riso d'anjos;
Canta a natura, a primavera, as flores,
Canta a mulher a semelhar arcanjos,
Que Deus envia à desolada terra,
Bálsamo santo, que em seu seio encerra.

Canta, poeta, a liberdade — canta,
Que fora o mundo sem fanal tão grato...
Anjo baixado da celeste altura,
Que espanca as trevas deste mundo ingrato;
Oh! sim, poeta, liberdade, e glória
Toma por timbre, e viverás na história.

✳

Eu não te ordeno, te peço,
Não é querer, é desejo;

São estes meus votos — sim.
Nem outra coisa almejo,
E que mais posso querer?
Ver-te Camões, Dante ou Milton,
Ver-te poeta — e morrer.

## *Dirceu*

*À memória do infeliz poeta Tomás Antônio Gonzaga*

*Há decerto alguma harmonia oculta na desgraça, pois todos os infelizes são inclinados ao canto.*
C. Roberto

Onde, poeta, te conduz a sorte?
Vagas saudoso, no tristonho error!
Longe da pátria... no exílio... a morte
Melhor te fora, mísero cantor.

Bardo sem dita!... Patriota ousado,
Quem sobre ti a maldição lançou!?...
Cantor mimoso, quem manchou teu fado?
E a voo d'águia te empeceu — cortou?

Quem de tua lira despedaça as cordas,
As áureas cordas de infinito amor?!
Essas mesquinhas, virulentas hordas.
A voz dum homem, que se crê senhor!...

E tu, que cismas libertar — em anseio
O pátrio solo — qu'a aflição feria
Que à lísia curva o palpitante seio,
E a fronte nobre para o chão pendia.

Da pátria longe, teu suposto crime
Vás triste, aflito a espiar — Dirceu!
Quem geme as dores, que teu peito oprime?
E as tristes queixas? — só as ouve o céu.

Mártir da pátria! Liberdade, amor
Foram os afetos que prendeu teu peito...
Gemes, soluças, infeliz cantor,
Vendo teus sonhos — teu cismar desfeito.

Ela! a estrela, que teus passos guia!
Ela — os afetos de tu'alma ardente!
Ela — tua lira de gentil poesia!
Ela — os transportes de um amor veemente!

Marília!... a pátria — teu amor, tua glória,
Tudo, poeta, te arrancaram assim!
Dirceu! Teu nome na brasília história,
É grata estrela de fulgor sem fim.

✷

Qual teu crime, oh! trovador?
É crime acaso o amor,
Qu'a sua pátria o filho dá?
Foi já crime em alguma idade,
Amar a sã liberdade!
Dirceu! Teu crime onde está?

É crime ser o primeiro
Patriota brasileiro,
Que a fronte levanta e diz:
— Rebombe embora o canhão,
Quebre-se a vil servidão,
Seja livre o meu país!

Nossos pais foram uns bravos;
Nós não seremos escravos,
Vis escravos nesta idade;
Rompa-se o jugo opressor:
Eia! avante, e sem temor
Plantemos a liberdade!

Ah, Dirceu, tu te perdeste!
Mártir da pátria — gemeste
De saudade, e imensa dor!
Choraste a pátria vencida:
Tanta esperança perdida...
Perdido teu terno amor!...

✳

E vás no exílio suspiroso, e triste
Gemer teu fado no longínquo ermo;
Até a morte do infeliz — amiga,
Aos teus tormentos te ofereça um termo!

Brumas as noites na africana plaga
Mais te envenena da saudade a dor...
Secam teus prantos o palor da morte,
A morte gela no teu peito o amor...

## O meu segredo

Aqui no exílio — revolvendo a mente
Breve passado — momentâneo gosto,
      Qual fugaz meteoro;
Ao riso estulto da profana gente,
Pálido volvo pra não vê-la o rosto,
      E magoada choro.

E as turbas passam — nem sequer pra mim
Seus olhos lançam — nem as vejo eu.
      O que há de comum
Entre mim e os homens? Eles riem,
Eu choro — seu viver não é o meu,
      Não os amo a nenhum.

Já gasta dum querer que me devora,
Vou — ave da soidão, buscando um ermo,
      Asilo ao meu sofrer...
Onde do sol os raios nessa hora
Não penetrem — do trilho lá no termo
      Vou sonhar — e gemer.

Aí, curvada a fronte sobre a mão
Brotam mil pensamentos à porfia,
      Mil lembranças, oh céu!
Vêm nas lúbricas asas da aflição,
Como dores nas horas d'agonia,
      No peito dum ateu!

Em tropel se me antolham — afoutos vêm
Desejo, amor, descrença, ou ilusão,
      Esperança ou receio:
Sinto o cérebro arder — o peito tem
Férrea mão que constringe — e o coração
      Não palpita no seio.

Deixai passar as turbas — venha embora
A noite — com seu véu me envolva — brilhe,
      Ou não o firmamento:
Descante o sabiá da sesta à hora;
Deixai-me em meu cismar — embora triste
      Errado o pensamento!

Deixai o meu segredo — oh! é mistério
Eu o amo — é meu sonho tão querido...
      Quem o sabe? ninguém.
São notas afinadas de um saltério
Que geme de saudades — esquecido
      Na má Jerusalém!

É por isso que eu quero a paz do ermo
Que faz lembrar a paz da sepultura,
      Solitária — e tão só!...
Não sonho aí sentada, o breve termo,
Que almejo a minha dor — a desventura,
      Ligou-me em estreito nó...

Vou fartar-me de dor longe do mundo,
Vazar do peito aos lábios — na soidão
      Torrentes de amargor!
Dar asa a um querer vago, e profundo;

Com prantos iludir meu coração,
        Gelado — e sem amor!

Embora venham as turbas desvendar
No solitário abrigo o meu viver,
        Minha longa aflição;
Jamais hão de profanos — meu cismar,
Meu segredo — sequer — compreender
        No morto coração.

## *Ah! não posso!*

Se uma frase se pudesse
Do meu peito destacar;
Uma frase misteriosa
Como o gemido do mar,
Em noite erma, e saudosa,
Do meigo, e doce luar;

Ah! se pudesse!... mas muda
Sou, por lei, que me impõe Deus!
Essa frase maga encerra,
Resume os afetos meus;
Exprime o gozo dos anjos,
Extremos puros dos céus.

Entretanto, ela é meu sonho,
Meu ideal inda é ela;
Menos a vida eu amara
Embora fosse ela bela,
Como rubro diamante,
Sob finíssima tela.

Se dizê-la é meu empenho,
Reprimi-la é meu dever;
Se se escapar dos meus lábios,
Oh! Deus — fazei-me morrer!
Que eu pronunciando-a não posso
Mais — sobre a terra viver.

# Tributo de amizade

*Ao ilm. sr. dr. José Mariano da Costa*

Eu vi a branca rosa perfumada
No hastil melindroso reclinada,
Miragem vaporosa, e descuidada
A mirar-se gentil à beira-mar;
Melindrosa, e sutil nascia a aurora,
De esperança sem fim era essa a hora
De encanto e seduções — falaz embora
Como beijo que mente infindo amar.

Mas ela era tão casta, tão mimosa
Gentil, meiga, tão bela, tão formosa!
Era um tipo de amor a linda rosa,
Era um vago ideal de poesia!
Sonhava sonho casto — de pureza...
Cismava... o que, meu Deus? Tanta beleza
Não sei se tem reunida a natureza,
Quando desperta com o nascer do dia!...

No seu cismar mimoso a flor sorriu
A leda viração... O sol feriu
As águas do oceano — e refluiu
Luminoso, abrasado sobre a flor;
Ela, tímida, e meiga — retraiu-se
Mimosa sensitiva... um ai ouviu-se.
Mistério! A branca rosa ressentiu-se,
Desse raio de sol de infindo ardor.

E uma hora depois — enregelada
Eu vi a branca rosa desbotada
Na haste gemebunda, e reclinada
Morrer ao som duma harpa melodiosa!...
Amor, jamais a flor outro sentira
A não ser o do céu... anjo subira
Equilibrado nas asas de safira,
A mirar-se na plaga venturosa.

## *Sonho ou visão*

Tu vens rebuçado
Nas sombras da noite
Sentar-te em meu leito;
Eu sinto teus lábios
Roçar minhas faces
Roçar no meu peito.

Não sei bem se durmo,
Se velo — se é sonho.
Se é grata visão;
Só sei que arroubada
Deleita a minh'alma
Tão doce ilusão.

Depois, um suspiro
Que cala mais fundo
Que prantos de dor;
Que fala mais alto
Que juras ardentes,
Que votos de amor,

Vem lento — pausado
Do imo do peito
Nos lábios — morrer...
Eu amo de ouvi-lo,
Pois desses suspiros
Se anima o meu ser.

Mas, ah! não me falas...
Teus lábios, teu rosto
Só têm um sorriso.
Depois vaporoso
Vai todo fugindo
Teu corpo — teu riso.

Então eu desperto
Do sonho — ou visão,
Começo a cismar;
E ainda acordada
Invoco em delírio.
Tão mago sonhar.

Oh! vem no meu sono
Imagem querida
Pousar no meu leito
Com lábios macios
Roçar minhas faces,
Pousar no meu peito.

## *Vai-te*

Entre tu — que és tão sensível,
E eu, que te adoro tanto,
Colocou a sorte — o pranto,
Marcou Deus — o impossível!

Ouviste! Deus! não intentes
Frustrar os decretos seus!
Sufoca as dores que sentes,
Esquece os transportes meus.

Vai longe, longe olvidar
Nossos protestos de amor!
Vai teu fado obedecer;
Vai... não voltes... trovador.

Sofre, embora, cruas dores,
Sinta eu lenta agonia;
Embora mil dissabores
Me envenene a noite, e o dia,

Vai-te! vai-te... Deus nos diz:
Impossível! Oh! que dor!...
Vai-te... deixa-me, infeliz,
Vai-te! vai-te, oh! trovador.

## *Por ocasião da passagem de Humaitá*

*Dedicada ao ilustre literato maranhense
o sr. dr. João Clímaco Lobato*

*Sincera gratidão*

Oh! Brasil, eu te saúdo,
Vasto império do cruzeiro!
És na América o primeiro,
És minha pátria gentil,
O grande, o nobre tu és.
A pátria de heroica gente,
Que seus avós não desmente,
Sequer na vida uma vez!

Glória a ti!... que os bravos filhos
Bem te vingam denodados
A teu brado alevantados,
Foi, qual pó que o vento ergueu!
E das balas se sorrindo
Passam Mercede, e Cuevas!
Legando seu nome aos evos;
A ti, de glória — um troféu.

É que da armada ao exército,
Do general ao soldado,
Só se escuta o mesmo brado;
Eia! vencer ou morrer!
Então pulsam destemidos
Os peitos de infindos bravos,

Vão remir milhões de escravos,
Indo a pátria defender.

Avultam Mariz e Barros,
Afonso, Marcílio Dias,
Mil outros que em nossos dias
Douram as páginas da história!
E caem co'a fronte exausta;
Mas que importa? seu nome,
Ganha ao Brasil um renome
É padrão de eterna glória!

Avante! avante — lá ficam
Destroços, ruína... embora!
Humaitá, eis soa a hora,
Da ruína tua final!
Já sob tuas muralhas,
Por sob balas, clamores,
Passam galhardos vapores,
Como brisa em fundo val.

Chove a metralha à porfia
Sobre a armada brasileira;
Mas a auriverde bandeira
Não se curva altiva está!
Qu'importa que o inimigo ocupe
Superior posição?
Não teme a armada o canhão
Da misérrima Humaitá.

Viste o bravo Mauriti,
Honra, e glória do Brasil!

A arrostar metralha a mil,
Sempre tranquilo a passar?
Era o gênio das batalhas,
Aquele jovem guerreiro!
Nelson, eis um brasileiro,
Que vem teu nome ofuscar,

Era belo vê-lo assim
Alheio a todo o vapor
Desse hediondo fragor,
Que nele é glória afrontar:
Era vê-lo — corajoso,
Sob as imigas muralhas,
Qual semideus das batalhas,
A passar e repassar!

Oh! Brasil, eu te saúdo,
Vasto império do Cruzeiro!
És na América um luzeiro,
Eu te saúdo, oh Brasil!
Prossegue em tua carreira,
Vinga teu brio ofendido,
E do monstro envilecido
Curva a fronte negra, e vil.

Dize a essa antiga Roma
Que não lhe invejas os brilhos;
Sim, que tens heróis por filhos,
Por divisa — Liberdade!
Que esmagar sabes um déspota,
Sabes vergar um tirano,
Que no solo americano,
Ostenta ferocidade.

Mas, que levas generoso,
Depois da guerra — o perdão!
Que vais quebrar o grilhão
Desses míseros escravos!
Que vais levar-lhes — bondoso
Paz, amor, fraternidade,
Instrução, lei, liberdade,
Fazê-los povo de bravos.

Vai desmentir esses ecos
Da soberba Inglaterra,
Que te faz mesquinha guerra,
Que te diz — conquistador!
Vai mostrar à Europa inteira,
Que no solo americano
Não se consente um tirano,
Não se sofre um ditador.

Dize que a povos escravos
Vais levar com lealdade
Não ferros, mas liberdade,
Progresso — não opressão.
Vai quebrar as vis cadeias,
As algemas de seus pulsos,
De amor em doces impulsos,
Vais dizer-lhe: És meu irmão!

Avante! eu te saúdo,
Vasto império do Cruzeiro,
Que à voz de Pedro primeiro
Despertaste assim gentil!
Oh! minha pátria gigante,

Esmaga o fero Solano,
Mostra ao povo americano
Quanto és nobre, oh! meu Brasil!

## *Por ocasião da tomada de Villeta e ocupação de Assunção*

Tupi, que dormia da paz no remanso,
De plumas coberto, de frecha na mão,
Escuta de guerra no Prata uma voz,
Escuta uma luta de estranha feição.

Desperta, e pergunta: "Quem ousa acordar-me?"
Respondem-lhe: um monstro insulta a nação!
Oh! ei-lo guerreiro, brioso, pujante,
Chamando seus filhos com voz de trovão,

E os brados se escutam nas matas d'além,
Nas selvas longínquas, nos montes, na serra:
Mil homens se erguem, mil homens repetem
O brado do gênio, que é brado de guerra.

E marcham seus filhos sedentos de glória,
Que bravos são eles, heróis todos são!
— Entanto que o monstro se nutre de sangue —
Ribomba no Prata brasílio canhão.

E uma após outra se rendem cativas
Do vil Paraguaio trincheiras a mil;
E renque de escravos cadáver já são...
E ele! vacila... já teme ao Brasil.

É dura a fadiga... Por ínvios caminhos,
Esteros imundos, pauis, lodaçal
Lá marcham os filhos do bravo Tupi,
Dobrando galhardos, ardor marcial.

A voz que os dirige é voz do gigante,
De plumas coberto, de frecha na mão;
É voz que se escuta do Prata ao Amazonas,
Que os ecos repetem, que é voz da nação!

E foram-se avante — guerreiros avante
Que é firme seu passo, só sabem vencer!
E o último asilo, que resta ao tirano,
Se rende a seus brados — vencer, ou morrer!

E treme o abutre de crimes coberto,
E foge — covarde! — por ínvios caminhos!
E o manto retinto do sangue dos seus
Na selva espedaça, nas moitas de espinhos.

Oh! quantos triunfos! oh, quantas vitórias!
Villeta, Belaco, soberba Humaitá!
O Chaco, Angustura! oh Lopes! oh monstro!
Teu ódio, teus brios, cacique, onde está?

E a fronte do gênio, cingida de louros,
Altiva, potente — lhes diz: Escutai!
Vingastes, meus filhos, da pátria o insulto,
O Nero expulsastes... meus filhos — parai.

Oh! eu vos saúdo! — dourastes a história
Já grata, e tão nobre da terra da Cruz;
Agora aos que gemem nas trevas cativas
Levai generosos mil raios de luz.

Erguei-lhes a fronte co'o beijo da paz,
Dizei-lhes, meus filhos — tu és meu irmão!
E vinde que os braços vos abre o tupi.
De plumas coberto, de frecha na mão.

## *Melancolia*

Oh! se eu morresse no cair da tarde,
Da tarde amena... quando a lua vem
Chovendo prata sobre lisos mares,
Trajando as vestes, que a pureza tem.

Então, talvez, eu merecesse afetos
Desses que apenas alcancei sonhando;
Talvez um pranto bem sentido, e triste
Meu frio rosto rociasse — brando.

Sim, poetisa — mais te vale a morte
Na flor da vida — a sepultura, os céus...
Porque na terra teu sofrer, tuas mágoas,
Martírios, dores só compreende — Deus.

Oh! venha a morte no cair da tarde
Roubar-me a vida, que a ninguém comove;
Venha impassível... me penetre o seio,
A crua fouce que sua destra move.

E o sepulcro! tão gelado, e mudo,
Eu o saúdo! companheiro nu!
Oh! sim, sepulcro, te darei meus cantos,
Se terno afeto me dispensas tu.

Na vida é estéril meu amargo canto;
Um peito humano a me escutar não vem,
Me apraz a campa, que em silêncio eterno,
Bebe esses prantos, que a alvorada tem.

Inda me resta no correr da vida
Essa esperança de morrer... é só
A que me alenta, que me guia os passos,
Té que meu corpo se desfaça em pó.

## *No álbum de uma amiga*

D'amiga existência tão triste, e cansada,
De dor tão eivada, não queiras provar;
Se a custo um sorriso desliza aparente,
Que mágoas não sente, que busca ocultar!?...

Os crus dissabores que eu sofro são tantos,
São tantos os prantos, que vivo a chorar,
É tanta a agonia, tão lenta e sentida,
Que rouba-me a vida sem nunca acabar.

✻

    D'amiga a existência
    Não queiras provar,
    Há nela tais dores,
    Que podem matar.

    O pranto é ventura,
    Que almejo gozar;
    A dor é tão funda,
    Que estanca o chorar.

    Se intento um sorriso,
    Que duro penar!
    Que chagas não sinto
    No peito sangrar!...

    Não queiras a vida
    Que eu sofro — levar,

    Resume tais dores
    Que podem matar.

E eu as sofro todas, e nem sei
    Como posso existir!
Vaga sombra entre os vivos — mal podendo
    Meus pesares sentir.

Talvez assim Deus queira o meu viver
    Tão cheio de amargura,
Pra que não ame a vida e não me aterre
    A fria sepultura.

# *Ela!*
*(A pedido)*

Ela! Quanto é bela, essa donzela,
A quem tenho rendido o coração!
A quem votei minh'alma, a quem meu peito
Num êxtase de amor vive sujeito...
Seu nome!... não — meus lábios não dirão!

Ela! minha estrela, viva e bela,
Que ameiga meu sofrer, minha aflição;
Que transmuda meu pranto em mago riso.
Que da terra me eleva ao paraíso...
Seu nome!... Oh! meus lábios não dirão!

Ela! Virgem bela, tão singela
Como os anjos de Deus. Ela... oh! não,
Jamais o saberá na terra alguém,
De meus lábios, o nome que ela tem...
Que esse nome meus lábios não dirão.

## *Seu nome*


Seu nome! em repeti-lo a planta, a erva,
A fonte, a solidão, o mar, a brisa
      Meu peito se extasia!
Seu nome é meu alento, é-me deleite;
Seu nome, se o repito, é dúlia nota
      De infinda melodia.

Seu nome! vejo-o escrito em letras d'ouro
No azul sideral à noite quando
      Medito à beira-mar;
E sobre as mansas águas debruçada,
Melancólica, e bela eu vejo a lua,
      Na praia a se mirar.

Seu nome! é minha glória, é meu porvir,
Minha esperança, e ambição é ele,
      Meu sonho, meu amor!
Seu nome afina as cordas de minh'harpa,
Exalta a minha mente, e a embriaga
      De poético odor,

Seu nome! embora vague esta minha alma
Em páramos desertos — ou medite
      Em bronca solidão;
Seu nome é minha ideia — em vão tentara
Roubar-mo alguém do peito — em vão — repito,
      Seu nome é meu condão.

Quando baixar benéfico a meu leito,
Esse anjo de Deus, pálido, e triste
    Amigo derradeiro,
No meu último arcar, no extremo alento,
Há de seu nome pronunciar meus lábios,
    Seu nome todo inteiro!

## *Meus amores*

Meus amores são da terra,
Mas parecem lá do céu;
São como a estrelinha d'alva,
São como a lua sem véu.

São um feitiço, um encanto,
Uma longínqua harmonia,
Sorriso por entre prantos,
Choro de infinda alegria.

Flor rorejada de orvalho,
Beijada do sol nascente,
Expressão tímida e pura
De doce amor inocente.

Meu amor é flor singela,
Enlevo do coração;
Tímido como a gazela,
Ardente como um vulcão.

Veste-o o candor da pureza,
De lindas, mimosas flores;
Quem gozou jamais na vida,
Tão ledos mimos de amores?

Eu tenho amores na terra,
Que semelham o amor do céu;
Guardei-os zelosa n'alma,
Cobri-os com um denso véu.

Porque este amor é tão belo,
Que não conheço outro igual;
A todos, todos oculto
Receando uma rival.

Só a minh'alma o confio,
Qual confio minhas dores;
É ela o templo, o sacrário,
De meus eternos amores.

## *Esquece-a*

Amor é gozo ligeiro,
Mas é grato e lisonjeiro
Como o sorriso infantil;
Promessa doce, e mentida,
Alenta, destrói a vida;
É um delírio febril.

Muito te amei... minha lira,
Que triste agora suspira,
Nesta erma solidão,
Bem sabes — rica de flores,
Cantava os ternos amores,
Do meu terno coração.

Minha afeição era pura.
Não era engano, cordura,
Não era afeto mentido;
Se ela assim te não cativa,
Esquece-a, que sou altiva,
Esquece-a, sim — fementido.

## *Recordação*

Já houve um tempo
Na minha vida,
Que eu fui querida
Com terno amor;
Passou-se um ano,
Mas outro veio,
De mago enleio,
De imenso ardor.

Não foi sonhando,
Que eu não sonhava;
Oh! eu amava
Com tal paixão,
Que era meu peito
Tão viva chama,
Como a que inflama
Negro vulcão.

Quantos deleites,
Quanta beleza
Na natureza,
Que me sorria!
Quanta meiguice,
Que terno encanto,
No doce pranto
Que então vertia!

Era minha alma
Dia, por dia,

Vaga harmonia
Duma canção,
Longínqua, doce,
Meiga, e sentida;
Nota perdida
Na solidão.

Hoje! que resta
Desse passado,
Ledo — sonhado?
— Recordação!
Resta à minh'alma
Na soledade,
Funda, saudade,
Longa aflição.

## *Confissão*

Embalde, te juro, quisera fugir-te,
Negar-te os extremos de ardente paixão;
Embalde, quisera dizer-te — não sinto
Prender-me à existência profunda afeição.

Embalde! é loucura. Se penso um momento,
Se juro ofendida meus ferros quebrar;
Rebelde meu peito, mais ama querer-te,
Meu peito mais ama de amor delirar.

E as longas vigílias — e os negros fantasmas,
Que os sonhos povoam, se intento dormir,
Se ameigam aos encantos, que tu me despertas,
Se posso a teu lado venturas fruir.

E as dores no peito dormentes se acalmam,
E eu julgo teu riso credor de um favor;
E eu sinto minh'alma de novo exaltar-se,
Rendida aos sublimes mistérios de amor.

Não digas, é crime — que amar-te não sei,
Que fria te nego meus doces extremos...
Eu amo adorar-te melhor do que a vida,
Melhor que a existência que tanto queremos.

Deixara eu de amar-te, quisera um momento,
Que a vida eu deixara também de gozar!
Delírio, ou loucura — sou cega em querer-te,
Sou louca... perdida, só sei te adorar.

# *Poesia*

> *Dedicada aos bravos da Campanha do Paraguai,*
> *especialmente ao invicto tenente-coronel*
> *Francisco Manuel da Cunha Júnior*

Remonta a antiga era — inda o Brasil
Não tinha a lusa gente avassalado,
E já o nosso céu de puro anil,
Cobria um povo herói, um povo ousado.
É sempre o mesmo gênio brasileiro,
Brioso, nobre, ardido, e guerreiro.

Foi ele quem guiou vossa bandeira,
Nos combates, nas lidas, nas vitórias!
Foi quem na luta ingente, e altaneira,
Doou-vos o troféu de eternas glórias!
Soldados da moderna liberdade,
Glória do vosso valor, e heroicidade!

E vós, que de tal brio foste herdeiro,
Que da pátria sequer não desmentiste
A risonha esperança... vós, guerreiro,
Que impávido ao perigo resististe,
Que compreendeste assaz vossa missão,
Recebei, Cunha Júnior, esta ovação!

Se o valor nos combates te guiava,
Se o pátrio amor te despertava os brios,
Se a voz da artilheria te animava,
Sem te empecer o passo esteros, rios;

Deixa que nossos votos vão provar-te
Da nossa gratidão mesquinha parte.

Deixa cantar-te, herói de Aquidabã,
Deixa cantar-te, exímio maranhense,
Que honraste a terra antiga de Cumã.
Que honraste o torrão Guimaraense!
Deixa comemorar tuas façanhas,
Quem ama alto valor, glórias tamanhas!

Deixa cantar-te, herói de Tuiuti,
Distinto de Humaitá, forte em Angustura!
Bravo em Luque, em Sauces, e Avaí,
Onde tantos acharam sepultura!...
Deixa cantar teus feitos, oh! guerreiro,
Deixa louvar-te excelso brasileiro!

Mas consente que junte no meu canto
Ao teu nome — dos mortos a memória,
D'queles que nos pedem infindo pranto,
Porque a morte os colheu em afã de glória.
Deixa que um ai sentido de saudade
Vá quebrar-lhes da campa a soledade...

Foram todos heróis — como vós foste
Dos louros das batalhas adornado!
Intrépidos leões do sul, e norte,
Tinham por timbre esforço denodado...
A eles — de saudade o nosso pranto,
E a vós, guerreiro invicto — o meu canto.

## *À recepção dos voluntários de Guimarães*

Eis vossos filhos, Guimarães — saudai-os!
Saudai os bravos que a mãe-pátria honraram!
Saudai os restos da coorte heroica,
Chorai aqueles que por lá ficaram!

Um dia um anjo de sinistro aspecto
De fumo as asas adejou na terra;
E na trombeta, que soou tremenda,
Do sul ao norte repetia — guerra!

Então teus filhos, Guimarães heroico,
Teus filhos cheios de imortal valor,
Por Deus juraram repelir a afronta,
Por Deus — por ti — com denodado ardor.

Vede-os! são estes que em mavórcia lide
Arcaram fortes com o poder da sorte;
Que importa o raio, que sibila?... avante!
Que o bravo afronta, mas não teme a morte.

Saudai-vos, grato Guimarães — saudai-os!
Saudai os filhos que a mãe-pátria honraram!
Saudai os restos da coorte ingente,
Honrai com prantos os que lá ficaram...

Um anjo pálido de choroso aspecto
Vela essas campas, que não têm cruzeiros!

Mas que os vindouros lembrará com glória
Nomes eternos de imortais guerreiros!...

Rareiam as filas... mas cerradas ei-las,
Embora junquem mortos mil o chão!...
Que importa ao bravo maranhense nobre,
Se a morte parte do infernal canhão?!!...

Que heróis! saudai-os, Guimarães, saudai-os!
Saudai os filhos que a mãe-pátria honraram!
Saudai os restos da imortal coorte,
Chorai os bravos que por lá ficaram!!...

Sempre a bandeira a tremular briosa,
Sempre no peito a renovar-se o ardor,
Que pela pátria sacrificam tudo,
Sossego, vida, felicidade, e amor.

Depois, nos campos da mavórcia lide
Soou o brado de imortal vitória!
Foi dura a luta — mas caiu o monstro!
Coroou-te a fronte imorredoura glória!

E veio um anjo de risonho aspecto,
Cândidas roupas, no semblante a paz,
Ornar dos bravos as altivas frontes,
Co'os verdes louros, que na destra traz.

## *Poesias*

*Recitadas no dia 10 de agosto de 1870 por ocasião do desembarque do tenente-coronel Cunha Júnior e alguns outros bravos de volta da Campanha do Paraguai*

Exultai, Guimarães! eis vossos filhos!
Seus nomes são padrão de eterna glória!
Saudai-os, são heróis... lançai-lhes flores,
Que eles pertencem à imorredoura história.

Cunha Júnior, a Pátria agradecida
Em amplexo de mãe te cinge ao peito;
De louros imortais te enastra a fronte,
Rende-te grata merecido preito.

Fanal de glória a refletir brilhante
Sobre ti, Guimarães!... glória a teu nome!
As tubas o proclamam — é um valente!
Partilha, pátrio berço, o seu renome.

Qual raio rompe, e voa entre o inimigo,
Quebra, aniquila ardida coorte...
Sobre sua fronte o resplendor da glória,
No peito o márcio ardor, na espada a morte!

É um bravo! um herói! alguém o iguala,
Herval, o próprio Herval o não excede!
Ei-lo gigante em Tuiuti — na luta
Perigo ou lida seu valor não mede.

Igual a Maurity, Nelson moderno,
Ele à ponte caminha, e rompe, e vai!
Aqui Curupaiti lhe estampa o nome,
Ali triste Humaitá por terra cai!...

Que diga a voz cansada e esmorecida
Desse triste Humaitá louco e vaidoso;
Cada pedra resume uma epopeia,
Cada eco um poema glorioso.

O valor o animava — o amor da pátria
Lhe enche o coração... sibila, freme
O ardido canhão — um bravo passa...
É ele! é o guerreiro que não treme!

Que falem ainda Lomas Valentinas,
Sauces, Avaí, Caraguataí,
Loque, Taquaral, Aquidabã,
Onde o monstro esfaimado exausto cai!...

Quem te excede em valor, afouto Cunha?!
Salve brioso, heroico maranhense!
Recebe as ovações, fraco tributo,
Do entusiástico povo Guimaraense.

Exultai, Guimarães! eis vossos filhos!
Trazem na fronte o resplendor da glória,
Louros colhidos na mavórcia lide,
Nomes escritos na pomposa história.

# *Poesia*

*Oferecida ao tenente-coronel Cunha Júnior, pela própria poetisa, no dia em que regressou a seus lares de volta da Campanha do Paraguai*

Senhor! se a tíbia da poetisa
Se eleva hoje em férvido transporte,
    A vós o deve — sim,
Se hoje a lira se ameniza,
A vós, herói soldado!... a vós o forte
    Deve-o ela por fim.

A vós que nunca um dia esmoreceste,
Face a face a encarnar perigo ingente
    Em inóspito país;
A vós, que os próprios lares esqueceste,
E dia, e noite vos ocupa a mente
    Ver a pátria feliz!...

A vós, astro sublime, e desvendado,
Que brilhais sobre nós puro, radiante,
    A vós, nobre guerreiro!
A vós, leão do norte — a vós, soldado,
Cuja espada na guerra flamejante
    Foi na guerra um luzeiro!...

Eu vos saúdo, herói de Tuiuti,
De Humaitá, de Sauces, de Angustura,
    Herói de Aquidabã!
Voltais! Na fronte o louro, o amor aqui!

Exulta de prazer — louva a bravura
      Do teu filho — Cumã!

Perdão, se a tíbia voz da poetisa,
Fraca, bem fraca agora se esmorece
      Sem poder-vos cantar!
É rude a sua lira — assim a brisa
Geme, murmura, passa, e se esvaece
      Em noite de luar.

# *Te-Déum*

*Oferecido ao sonoro e mavioso poeta o ilm. sr. dr.
Gentil Homem de Almeida Braga*

*Tributo merecido*

Santo! Santo! Senhor, nós te louvamos,
Porque imenso poder em ti se encerra!
Tu criaste, Senhor, o céu e a terra:
Co'uma palavra tua luz cintila!...
Depois, o firmamento equilibraste,
E o mar lambia manso as brancas praias,
E o sol rutilando além das nuvens,
O rio, o peixe, a ave, a flor, a erva,
Que tudo era criado — o vento, a brisa
Erguendo a voz num cântico de amores,
Nas harpas d'anjos exclamaram — Santo!...

E depois, semelhando a tua imagem,
Do miserando pó ergueste o homem,
E disseste: levanta-te e domina,
Esta terra, este mar é teu império!
E belo foi o homem, que se erguia,
E mais perfeita a companheira pura,
Rosada, e bela que lhe deste, oh! Santo!

Volveram os olhos em redor do orbe
Imenso, vasto... e acurvados ambos,
Unidas vozes ao rugir dos mares,
A voz dos campos, e da selva inculta
Nas harpas d'anjos exclamaram — Santo!...

E das ribeiras cristalinas águas,
As catadupas, o gemer das fontes,
A voz dos rios, o murmúrio tênue
De mansa brisa, o suspirar do vento,
O grato aroma de mimosas flores,
O verde colo de cavados vales,
O cume erguido de soberbos montes,
À face toda do universo inteiro
Nas harpas d'anjos exclamaram — Santo!

Santo! Santo! Santo te louvamos,
Oh! Deus de infinda glória, eterno amor!
Tu que geras virtude em nossas almas,
E ao ímpio cede do pesar a dor.

Tu, que a Gomorra, que a Sodoma abrasas,
E a Ló salvas do horroroso incêndio;
Tu, que no Horebe luminosa sarça
Ao temente Moisés súbito alçaste;
Que o veloz curso das vermelhas águas,
Com mão potente dividiste em meio;
Que as mesmas águas desroladas, bravas
Ralhando irosas sobre o rei maligno,
Que após teu povo blasfemando vinha.

Reunis breve, quanto é breve o sopro
Da vaga brisa que sussurra, e morre;
Oh! Tu, Senhor, que a esse povo ouviste,
E a Moisés, a Arão as turbas todas
Em profundo adorar um hino erguer-te,
Um hino sacro... e com melífluo acento
Nas harpas d'anjos, exclamarem — Santo!...

Depois, Tu no deserto deste a fonte,
No deserto maná do céu filtrado!
As tábuas do Decálogo sublime
Foi no deserto que mandaste ao homem!
E os três mancebos da fornalha ardente,
E os cenobitas, e os profetas santos,
A doce virgem, o anacoreta ermo,
As potestades, serafins, arcanjos
As turbas todas exclamaram — Santo!

E minha harpa de festões ornada,
Que os sons afina pelas harpas d'anjos
As cordas suas no vibrar acordes
Em sacros hinos te proclama — Santo!

✶

Tu, que os homens e flores criaste,
Sol, e ventos, e o raio, que aterra,
E os mistérios sublimes que encerra,
Nossa crença — supremo Senhor,

Tu, que às plantas permites a seiva,
E meneios ao verde palmar;
Que marcaste limites ao mar,
Vida às selvas, ao dia frescor.

De minha harpa religiosa — as vozes
Acordes todas pelas harpas d'anjos;
Unida a voz dos serafins, dos santos,
E a voz das turbas, te bendiz, Senhor.

Santo! santo! Senhor! Deus dos exércitos,
Estão cheios de graça a terra, os céus!
E toda a criação exclama — Santo!
Hosana! Hosana! Onipotente Deus!

## *Visão*

Ouvi piar o mocho — era alta noite,
Eu tinha o peito de aflição eivado...
A dor coou tão funda, que minh'alma
Em modorra de angústia acalentou-se.
Quanto tempo durou esse marasmo,
Esse estado penível, doloroso,
Sono imerso na dor, que enerva, e mata,
Em que o quisesse, não sei bem dizê-lo.
Fugiam horas, e eu sequer não tinha
Da própria vida o sentimento, as dores.
O sinistro piar de aflito mocho
Mais lúgubre que outrora, mais agudo,
Quebrando as solidões adormecidas,
No repouso feliz da natureza,
Como que um eco de meus ais doridos,
Minh'alma afigurou — eu, despertando.
Então incerta, sem destino ou guia
Por densas selvas eu vaguei — e inda
Por entre bosques merencórios, ermos
Onde uma sombra era fantasma horrendo,
Um espectro medonho o verde arbusto.
Sob meus pés as dessecadas folhas
Rangiam — como de aflição gemidos,
A dor me sufocava, era mais ima,
Mais funda no meu peito, ali no bosque.
Saí. Era uma senda escura, e feia,
Pedregosa — caí, rojei na terra
Estéril, poeirenta, seca, e dura,
Como um penhasco... lacerou-me a fronte,

E eu não senti — que me amargava intenso
O fel do sofrimento agudo, e fero.
E o pó, que ergueram as deslocadas pedras,
Minhas espáduas recamou... oh! quanta
Desesperança — no meu peito — havia!...
Era de angústias um letal veneno
No peito a me ondular — era nas veias
O gelo do sepulcro a traspassá-las,
Coando até a medula dos ossos!...
Era a garganta constrangida, ardente,
Árida, e seca — e sufocada a boca.
Quanto tempo durou inda esta angustia
Suprema — que meu ser aniquilava,
Este aflito penar, este delírio,
Este estado de dor tão violenta,
Não o posso dizer. Crescia a noite,
E mais carpia ainda o mocho triste...
Então voltou-me um átomo de vida,
Porque senti volúpia amarga — enlevo
No sinistro gemer da ave noturna;
Porque o som de sua voz com o meu gemido,
Com a voz de minh'alma — harmonizava.
Gemi — foi um gemido doloroso,
Surdo, sem eco, soluçado apenas,
Que as fibras todas do cansado peito
Quebrou no seu passar. Abri os olhos
Ao ímpeto da dor, que se aumentava;
Um rochedo a meus pés se erguia mudo,
Altivo, e forte sobranceiro aos mares.
Galguei-o, ora correndo desvairada,
Ora, com passo vagaroso, e trépido,
Ora rojando minha face em terra,

Selando as pedras com meu rubro sangue.
Galguei-o. Era um penedo árido, e triste,
Nem uma erva lhe bordava a encosta,
Como nas faldas, era ermo o pico.
Copioso suor me aljofarava.
A turva fronte — e os cabelos soltos
Ao vento — me vendavam os olhos baços.
Exausta de cansaço, e de amargura,
Ao cume do rochedo enfim fui posta.

Oh! mistérios de um Deus eterno, e santo!
Ali, por tantas mágoas comprimido
Meu coração já frio, enregelado,
Sem fé, sem crenças, sem alento, ou vida
Mórbido, lânguido — reviveu... mistério!
A meus pés era o mar augusto, imenso
Simbolizando o Deus da natureza...
Sobre a minha cabeça distendia-se
O espaço infinito — o firmamento!
Nem uma estrela ali brilhava a furto;
Porque as nuvens escuras se embatiam,
A chuva ameaçando. Ao lume d'água,
Salsa, pesada de mil pontos surgem
Luminosos faróis, que logo apagam.
Roncavam os aquilões, soprava o vento
Rijo — encrespando a superfície d'água,
Que se agitava com sinistro aspecto.
Gemia a tempestade pavorosa
Tão poética, e grande! A chuva era
Como pranto de mãe, que sobre o berço
Vazio do filhinho esparge aflita.
Em gotas sobre a fonte me escorria;

Benfazeja foi ela! Que gelou-me
A fronte ardente, requeimada, e seca...
Amei então a chuva, amei a onda,
Que irosa, embravecida mais crescia,
Bramindo em seu furor — ameaçando
O imóvel rochedo. As salsas gotas
Dessa espuma de neve, que se erguia,
Salpicando as encostas pedregosas
Me ungia a fronte, como um doce beijo,
Expressivo de meiga complacência,
Daquele que se dói, da dor de estranhos.

Ígneos raios sibilando ardentes,
Com mil fogos sobre o mar cruzavam;
E o gemer do trovão — gemer das ondas,
Co'o sibilar do vento — harmonizavam.

Roncava a tempestade — o mar crescia,
Soberbo o cataclismo se aumentava.
Contemplando o furor dos elementos,
A frágua de minh'alma se ameigava.

Quanto me vi mesquinha... um verme apenas
No cume do rochedo, sobre o mar!
Humilde me curvei — co'a face em terra,
Minh'alma se exaltou — eu pude orar.

Os ventos amainaram — a tempestade
Toda desfez-se — repousou natura;
O mar nos seus limites se encerrara,
E hino divinal rompeu na altura.

Eram cantos celestes — escutei-os,
E do peito emanou-me um doce pranto;
As lágrimas lavaram as agras dores,
As crenças restituiu-me o sacro canto.

Mas ainda assim, como que agora escuto
A dúlia nota das canções dos céus:
Esvaiu-se a visão... mas sinto grata,
No peito a graça, que nos vem de Deus.

## *A mendiga*

*Oferecida ao ilm. sr. dr. Antonio Henrique Leal
como prova de profunda e sincera gratidão*

Como era meiga a donzela!
Tão puros os lábios dela,
Tão virgem seu coração...
Seu sorriso lisonjeiro,
Seu doce olhar tão fagueiro,
De tão celeste expressão!

Era ingênua, era inocente,
Como a flor que brandamente
De manhã desabrochou;
Que por ser cândida e pura,
Ter aroma, ter frescura,
Dela — o sol — se enamorou.

Mas foram graças ligeiras,
Como promessas fagueiras,
Que se não realizou...
Como risonha esperança,
Que vem funesta mudança
Matar o que se esperou.

Agora sumiu-se no trépido ocaso
Por entre negrumes seu astro do dia;
Fugiu-lhe dos lábios o riso tão puro,
Secou-se-lhe a fonte de tanta alegria.

Agora divaga nos campos sombrios,
Se entranha nos bosques, procura a soidão...
E pálida a face, e mórbida a fronte,
No peito lhe ondeia pungente aflição.

Agora secou-se-lhe a fonte do pranto;
Agora envenena-a profundo sofrer...
Agora na vida de gozos tão nua
À triste só resta da morte o prazer.

Agora expirou-lhe seu riso inocente;
Seus lábios tão puros perderam o rubor...
Agora lamenta seu triste abandono,
Agora em silêncio se nutre de dor.

Se prantos tivesse que a dor orvalhasse,
Se um triste gemido pudesse exalar...
Se ao menos a chaga, que sangue goteja
Pudesse-lhe a vida penosa acabar...

Se aos ventos que passam, se a brisa, se as flores
Pudesse em segredo seu mal confiar!
Mas, ela receia... que a todos escuta
Sorriso de escárnio, que a pode matar.

Coitada — perdida! qual ave sem ninho,
Vagando na terra, qual concha no mar,
Se doce esperança procura afanosa,
No extremo da vida só pode encontrar.

E ela mendiga de andrajos coberta,
As faces retintas de um triste palor,

O pão que lhe esmolam de lágrimas rega,
Subindo-lhe ao rosto do pejo o rubor.

No peito, que existe tão puro qual era
Ondeiam-lhe chamas ardentes de amor;
E ela recorda seus dias de outrora,
E sente su'alma partir-se de dor.

É triste, coitada! ludíbrio da sorte,
Afaga uma ideia — delírio, loucura!
Revê-lo um momento — revê-lo um só dia,
Embora mais funda lhe seja a amargura.

É fundo o desejo que nutre em silêncio,
Que ateia, que acende, que abrasa a paixão;
Embalde ela invoca dos céus o auxílio,
Embalde ela almeja guiar-lhe a razão.

Se prantos tivesse, coitada, mesquinha,
Que a dor lhe pudesse do peito abrandar,
Se esse a quem ama, que cega idolatra,
Quisesse suas fráguas, sua dor desterrar...

Mas, triste — afligida, ludíbrio da sorte,
Afaga uma ideia... que longo sofrer!
É vê-lo um momento — provar-lhe os extremos,
Que n'alma lhe cavam contínuo morrer.

Ah! ele? quem sabe? talvez se partisse,
Um dia somente viveu-lhe o amor...
Foi terno, foi breve, foi vida dum'hora,
Fugiu como a grata fragrância da flor.

Mulher, que de teus pais eras o encanto,
Primor da criação... por que murchaste?
Essas frases dolosas, sedutoras,
Por que na flor dos anos — escutaste?!...

Não vias que eras flor — e a mariposa,
Roubava-te o perfume em beijo impuro?
Não vias que uma nuvem eclipsava
Teu belo, luminoso, áureo futuro!?!...

✳

    Passa a brisa enamorada,
    Rouba da rosa o odor,
    Ela sentida — definha,
    E morre de dissabor.
    Assim por linda donzela
    Passa o torpe sedutor,
    E seus mimos, seus encantos,
    Rouba infame e sem amor.

    E ela, em triste abandono,
    Sem consolo ou esperança,
    Chora seu agro destino,
    Sem nele sentir mudança...
    E vai chorosa, afligida
    À sacra etérea mansão;
    Porque só Deus compreende
    Que é puro seu coração.

\*

Mulher, que eras tão pura como a rosa,
Tão meiga a tua voz — tão doce o olhar,
Como céu que esmaltou gentil aurora,
Como trepida a fonte a murmurar.

Por que escutaste de sua voz o acento,
E palpitou o teu coração de amor!?!
Porque no teu delírio dum momento
Trocaste pelo opróbrio o teu candor!

Qual Eva no éden saída apenas
Das mãos do Criador — mimosa e pura,
E logo no pecado submersa
Eivado o coração pela amargura,

Agora o que te resta sobre a terra,
Se aos teus afetos não compensa amor?
Que de esperanças — ou de gozo resta
À bela, e triste abandonada flor!?!...

Teus pesares, teus ais a quem comove?
Quem sente o pranto teu — de coração?
Quem nos seios da alma te lamenta?
Quem ouve o teu soluço de aflição!?

Tu eras tão bela! Mudou-se o teu fado!
Só dor, e remorsos torturam-te a alma.
Ai! mísera, triste de andrajos coberta,
Divagas sem tino no frio, e na calma.

E ele esquecido de tudo — é feliz,
Nem lembra a florzinha, que aos pés maltratou!
Entanto ela o segue.... ventura ou acaso...
Um dia seus olhos nos dele fixou.

E ele volveu-lhe sorriso de escárnio,
E ela uma queixa sentida murmura,
Tão débil, tão fraca, com tal desalento,
Que bem revelava profunda amargura;

— Apenas a sombra já vês do que fui...
Ah! não te comoves? coitada! ela diz.
— Que extremos por ver-te... que extremos de amores!
E tu me repeles? Cruel! que te fiz?...

E ele tornou-lhe — mendigas sem pejo?
Que vício tão torpe! Não tenho o que dar.
Mulher! o desprezo do mundo é partilha,
Que deve caber-te, que deves cobrar.

De novo a voz se ouviu — era tão débil,
Que semelhara doloroso anseio...
Mas era entre os soluços proferido,
Um nome que a pesar aos lábios veio.
"Cruel! por que te amei com tanto extremo,
Por quê? Perdão, meu Deus! Eu fui tão louca!
Rendi meu coração aos teus afetos,
Infame me tornei, criei remorsos...
Ouvi meu pai amaldiçoar-me... ouvindo
Os sarcasmos do mundo — e apesar disso
Por amar-te eu sonhava uma esperança!...
Vaguei mendiga, sofreando dores,

Fiel ao sentimento de minh'alma,
Amando-te inda mais do que te amava,
Com mais ardor, em mais paixão imersa:
É teu desprezo, que mais dói que a morte,
E todo o prêmio que cobrar devia!?!...
Homem cruel! Acaso tens no peito,
Alma de tigre?... coração de gelo?!..."

— Mulher!
               "Tudo acabou! Foi dura a prova.
Amor, venturas, esperanças loucas
Tudo a sorte desfez..." Ela calou-se.

— Vai-te, mendiga, disse — e o lábio impuro
Um sorriso formou de agro desprezo.

E foi-se. O coração era de mármore
Ela de pejo e dor estremeceu;
O peito lhe ofegou dorido arfando,
Nem um suspiro lhe escapou — morreu!

## *O volúvel*

Vagueia o teu coração
Sem pesar, sem aflição,
Como a sutil viração,
Ou como as ondas do mar;
Com o leque dos palmares,
Como um átomo nos ares,
Como Infante em seu folgares,
Como a virgem em seu cismar.

Como a leda mariposa,
Que sobre a florzinha pousa,
E que de louca e vaidosa
Não se prende a seus amores;
Ou como nuvem ligeira,
Quando a aurora vem fagueira,
Que se desfaz lisonjeira,
Em tênues, ledos vapores.

Ou como areia agitada,
Fria, sutil, prateada,
Que se ergue alevantada
Ao sopro da viração;
Que volúvel — incessante,
Vai deste, àquele lugar;
Sem jamais poder parar,
Da praia — na vastidão.

Mas, um dia, sem pensares,
Da sorte tristes azares,

Talvez te tragam pesares,
Talvez te causem aflição,
Que na vida um só tormento,
Um dolorido sofrimento
Nos afixa o pensamento,
Nos magoa o coração.

Então, nem a mariposa,
Que liba o suco da rosa,
E depois, já descuidosa,
Vai outra flor ameigar;
Nem à palma melindrosa,
Nem à nuvem vaporosa,
Nem à areia tão mimosa,
Poderás te assemelhar.

Porque então já não vagueia
Teu pensamento — e anseia
Teu peito, que a dor mareia,
Tu'alma que sofre tanto...
Adeja, adeja por ora.
Sê borboleta uma hora,
Beija mil flores agora,
Que depois só resta o pranto.

Há de amargar-te a existência,
Na penosa inclemência,
De vã sonhada inocência,
Que em vão almejas gozar;
Terás remorso pesado,
Desse teu viver passado.
Tão mimoso, e descuidado,
Como de infante o folgar.

Já não serás mariposa,
Que liba o suco da rosa;
Nem a brisa perfumosa
Entre flores a brincar;
Nem a palma requebrada,
Nem a nuvem prateada;
Porque a vida passada,
Poderás jamais gozar.

# O lazarento

*Dedicada a meu prezado tio — o sr. Martiniano José dos Reis*

*Tributo de amizade*

Lá, no marco da estrada solitária,
Que o silêncio não quebra a voz humana:
O mísero, infeliz, com Deus sozinho,
A braços com seu fado endurecido,
Implacável, mortífero — chorando,
Geme ferido de aflitiva angústia...
Goteja-lhe das chagas incuráveis
O sangue, a vida, que correr nem sente;
Porque lá no mais fundo de sua alma,
Lá nas dobras do peito amargurado,
Doloroso pungir de mil desditas,
De duras privações, de longas dores
O mesquinho existir lhe vão minando...
Agudo espinho de cruenta angústia
Penetra-lhe incessante o peito opresso,
Por contínuo sofrer — ulcera todo!...
Mas, a dor que seus membros enregela,
A dor, que não tem prantos que a mitiguem,
A dor, que funda rasga-lhe as entranhas,
E cava o seu sepulcro... a dor mais agra,
Que ao mísero consome em seu desterro,
Não é ainda assim físicos males,
Úlceras, que destroem... é dor mais lenta,
Mais cruciante — a de viver sozinho,
De todos desprezado... arbusto triste,
Que em terra pedregosa habita ermo.

Enquanto humilde choça além descerra
As portas — devassando o seio limpo
De móveis, de riqueza — de uma cama,
Dum ente, a quem o triste se socorra;
Ele! a fronte apoiada sobre um tronco
Anoso, e carcomido, já sem ramas,
Que possa generoso amiga sombra
Sobre teus membros difundir um'ora,
Cruzadas sobre o peito as mãos rugosas,
Sobre o peito dorido... aí o dia,
A noite, o pôr do sol — a tempestade,
Do raio o sibilar, luzir dos astros,
Luz, cerração, ou calma, ou ventania,
Orvalho matinal, frio noturno,
Encontram-no, atalaia imóvel, muda,
Fundida no sofrer de amargas dores!...

Que lhe resta na terra? amargo pranto!
No extremo do sofrer mesquinha cova
Sumida, e triste na espessura agreste!
Ainda assim exígua, sem letreiro,
Cavada pela mão da caridade;
Sem cruz, sem lousa, que recorde um dia,
Com mágoa — ao viajor — que aí se escondem
Os despojos mortais dum desgraçado...
E só sobre essa campa solitária
Virão da mata as dessecadas folhas
Rolando enovelar-se — e o vento rijo
Sacudi-las iroso... Porque um pranto
De coração, que o ame enternecido,
Nascido da saudade — não viria
Rorejar-lhe na campa o corpo inerte!...

Família! esposa, irmãos e filhos caros,
Que amava com ternura — último elo
Da cadeia de amor, que o prende à vida,
Longe deslizam seus formosos dias.
Coitado! lá no ermo de sua vida,
Eivada de amargura — ele cogita
Os meios de revê-los... mas — suspende
Esse louco desejo. E desvairado,
Errante, sem descanso almeja o dia
Fatal, e derradeiro! É triste vê-lo,
Medonho espectro gotejando sangue!...

Mais tarde fatigado, esmorecido,
Receando — infeliz! dar desagrado
Com a terrível presença aos que o esmolam;
Vai com lânguido passo, os olhos baixos,
Escondido no monte escuro, e negro
Que a noite desdobrou por sobre a terra;
Vai mísero, abatido, e titubante
Ao casal mais vizinho — o pão amargo
Pedido entre soluços — recebendo!
E logo volve à desolada estrada,
Ao tronco anoso se reclina — e morre!...

## Um bouquet

*Ao aniversário de um jovem poeta*

*Afeto e gratidão*

Quis dar-te hoje — poeta,
Um mimo — não tenho amores;
Mas no peito ingênuas flores
Eduquei para te dar:
É hoje o dia faustoso,
Do teu grato aniversário;
Do meu peito no sacrário
Fui essas flores buscar.

Queria o bouquet tecer
De murta, acácia e alecrim,
Após a rosa, o jasmim,
Após o cravo, o martírio;
Vê, se então não era belo
Juntar-lhe rubra cravina,
Se a mimosa balsamina
Se intercalasse de lírio?

Era formoso, bem sei,
Podia assim to oferecer,
Neste dia de prazer,
Dia de infinda alegria;
Mas, ah! de tantas que havia
Flores mimosas no peito,
Nem sequer o amor perfeito
Pude encontrar neste dia...

Não, poeta — achei ainda,
Vegetando em soledade,
A triste, a roxa saudade,
Pura, intacta e mimosa.
Inda me resta no peito
Uma flor pra te ofr'ecer,
Uma flor para tecer,
Palma virente e formosa.

Aceita-a — é quanto me resta
Das minhas passadas flores!
Elas têm gratos olores,
Têm mimoso e terno encanto,
Recebe-a em teu coração
Neste teu festivo dia,
Como nota de harmonia,
Bem repassada de pranto.

## *Não, oh! não*

Por que dizes que murcharam
Meigas flores de tu'alma?
Crestou-as acaso a calma,
Desse teu tão santo amor?
Quanto te iludes — o afeto
Casto, singelo, inocente,
Não cresta d'alma, que o sente
A doce, nevada flor.

Se um dia as auras macias,
Perfume meigo de amores,
Bafejarem as ternas flores
De tua alma — esse amor,
Esse sentir ignoto,
Afeto jamais sabido,
Pelo objeto querido,
Não pôde crestar-te a flor.

Tu te iludes — estão intactas
As flores d'alma — não sentes?
Embora negues — tu mentes;
Só se extinguiu teu amor.
Te iludiste — eu o repito,
As flores inda são virgens;
Malgrado essas vertigens,
Revoos de beija-flor.

Nessas flores há perfumes,
Que embriagam o coração;

Nessa essência há diva unção.
Mistérios da mão de Deus:
Vê, se as queres murchas, tristes,
Se queres mortas as flores,
Que são perfumes de amores,
Essência pura dos céus.

Se elas murchassem em tu'alma,
Devias — secas, sem cor,
Como uma prenda de amor,
A quem t'as deu ofertar?
Não, as flores não murcharam,
Murchou a tua afeição;
Não me ilude o coração,
Podes acaso negar?

Mal sabes como em delírio
Eu amaria essas flores,
Recolhendo seus olores,
Neste triste peito meu...
Mas, não murchas, não sem vida,
Sem expressão, sem odor,
Sem um bafejo de amor.
Sem os orvalhos do céu.

Se fui eu quem na tu'alma
Desvelada as eduquei;
Se vida, se amor lhes dei,
Como dizes — Ah! eu devo,
Em troca de afetos tantos
Recebê-las já sem vida...
Uma palma emurchecida,
Sem olor, sem grato elevo?

Não, oh! não — mil vezes não,
Não dês amores partidos,
Não dês afetos mentidos,
A quem sincero t'os deu.
E se mais te apraz, à outra
Faz delas mimo de amor;
Brotarão mais doce olor,
Sobre o níveo colo seu.

# O *proscrito*

Vou deixar meus pátrios lares,
Alheio clima habitar;
Ver outros céus, outros mares,
Noutros campos divagar;
Outras brisas, outros ares,
Longe dos meus respirar...

Vou deixar-te, oh! pátria minha,
Vou longe de ti — viver...
Oh! essa ideia mesquinha,
Faz meu dorido sofrer;
Pálida, aflita rolinha
De mágoas a estremecer.

Vou deixar-te, amiga margem;
Do meu rio caudaloso;
Deixar-te, doce paisagem,
Deixar-te, prado mimoso;
Tudo quanto é funda imagem
Dum passado venturoso...

Vou trocar-te pelos mares,
Pátria do meu coração!
Malgrado fundos pesares,
Malgrado minha aflição;
Vou deixar-te; sacros lares,
Pátria, pais, amigo — e irmão!

Quanto hei amado, meu Deus!
É forçoso abandonar!!!
Deixar a pátria e os meus...
Tudo com eles deixar!
Esta lua em plenos céus,
Que leva a noite — a cismar!...

Respirar estranhos ares,
Saudoso a vida passar;
Deixando aqui meus lares,
Alheio lar habitar...
Quem nesses tristes lugares,
Minha dor há de ameigar?

Deixar-te, pátria querida,
É deixar de respirar!
Pálida sombra, sentida
Serei — espectro a vagar:
Sem tino, sem ar, sem vida,
Por essa terra além-mar.

Quem há de ouvir-me os gemidos,
Que arranca profunda dor?
Quem há de meus ais transidos
De virulento amargor,
Escutar — tristes, sentidos,
Com mágoa, com dissabor?

Ninguém. Um rosto a sorrir-me
Não hei de aí encontrar!...
Quando a saudade afligir-me
Ninguém me irá consolar:

Quando a existência fugir-me,
Quem me há de prantear?

Quando sozinho estiver
Aí à noite a cismar
De minha terra, sequer
Não há de a brisa passar,
Que agite todo o meu ser,
Com seu macio ondular...

Que venha voluptuosa
Meus cabelos afagar;
Desta plaga tão saudosa
Mansamente me falar;
Depois débil, suspirosa
No meu seio se ocultar...

Não hei de aí mais ouvir
A doce voz dos palmares,
Que tão bem sabem extinguir,
Profundos agros pesares;
Quando dor viva — a pungir,
Semelha a fúria dos mares.

Adeus, pátria idolatrada,
Ledo viver dos meus lares!
Triste imagem desbotada,
Destes mimosos lugares;
Só tu não me és negada,
Nessa terra de além-mares!

Serás a minha afeição,
Há de comigo chorar,
Quando à noite o coração,
De amargo fel transbordar;
Quando mais funda a aflição,
Meus seios envenenar.

## *A dor, que não tem cura*

> *O que mais dói na vida não é ver-se*
> *Mal pago um benefício,*
> *Nem ouvir dura voz dos que nos devem*
> *Agradecidos votos,*
> *Nem ter as mãos mordidas pelo ingrato,*
> *Que as devera beijar.*
> G. Dias

De tudo o que mais dói, de quanto é dor
Que não valem nem prantos, nem gemidos,
São afetos imensos, puros, santos
Desprezados — ou mal compreendidos.

É essa a que mais dói a um'alma nobre,
Que desconhece do interesse a lei;
Rica de extremos, não mendiga afetos,
Que é mais altiva que um potente rei.

É essa a dor, que mais nos dói na vida;
É essa a dor, que dilacera a alma:
É essa a dor, que martiriza, e mata,
Que rouba as crenças, o sossego, a calma.

Não sei, se todos no volver dos anos
Sentem-na funda cruciante, atroz
Como eu a sinto... Oh! é martírio — ou vele,
Ou sonhe — ou vague meditante a sós.

Eu vi fugir-me como foge a vida
Afeto santo de extremosos pais;
Roubou-mos crua, impiedosa morte,
Sem que a movessem meus doridos ais.

Vi nos espasmos de agonia lenta
Morrer aquele, que eu amei na vida...
Trêmulos lábios soluçando — adeus!
Ouviu-lhe esta alma de aflição transida.

Dores são estas, que renascem vivas
A cada hora — que jamais esquecem;
Enchem de luto da existência o livro,
Conosco à campa silenciosa descem.

Ah! quantas vezes, recordando-as hoje,
Dos roxos olhos se me verte o pranto!
Ah! quantas vezes, dedilhando a lira,
Rebelde o peito, não soluça um canto...

Mas, se essas dores despedaçam a alma,
O pranto em baga nos consola a dor;
Num'outra esfera, num perene gozo,
Vivem, partilham divinal amor.

Mas ah! de quanto nos aflige, e mata
É esta a dor, que mais nos dói sofrer;
Cobrar frieza em recompensa a afetos,
No peito amigo estrebuchar — morrer!

## *O Dia de Finados*

Que dia de saudade! é tudo luto,
Tudo silêncio... Quem ousou tanger
Do bronze os fúnebres, dolorosos sons?
Meus Deus! como ele cala no mais imo
Do coração, que sangra, que goteja
Torrente acerba de dorido pranto!
Que dia de saudade!... A natureza
Toda pejada de pesar se enluta —
Todos os rostos manifestam mágoa,
Todos os peitos um tributo rendem...
Que tributo, meu Deus! o de uma lágrima,
Que resvala na lousa, e cai sem eco!...
O nada de que Deus levanta o homem,
A triste campa nos revela — muda.
Assim o ar, que passa, e nos sustenta
É tudo — é nada — só se em Deus existe.

Que dia de saudade! Quem há hoje
Que te negue uma lágrima doída,
De sentida lembrança — um ai pungido!...
Quantos aí suspiros magoados
Se não destacam lá do fundo peito,
Quebrando o coração, rugando a face
Neste dia de dor, sobre uma campa
Onde, aqueles que amamos — hoje inertes
Dormem seu sono derradeiro — eterno!
Em vão vamos pedir-lhes um sorriso,
Uma palavra só das que lhe ouvimos
Em outras eras — expressão de amores,
Ternas carícias...ah! em vão, que mudas

Jazem as campas — impassíveis sempre.
Sorrisos... expressão de amor... carícias,
Ou pranto, que com o nosso se misture,
Que adoce a nossa dor... tudo nos nega...

Meu Deus! Aqui repousa um pai querido,
Amigo desvelado... Ali descansa
Insensível a dor, que ao filho abate
A mais terna das mães — mais extremosa!
Uma mãe... a estrela luminosa,
Que guiou nossos passos vacilantes
E o berço nos encheu de santo afeto!...
Meus Deus! Que dia de saudade, e pranto!...
Mais longe o caro irmão — a doce amante,
O terno amigo — o protetor querido,
O sábio, o grande, o bom — é tudo nada!
Não há prantos então, não há soluços
Que abrandem tanta dor... não há suspiros
Que enterneçam as lousas do sepulcro,
Alheias à aflição, surdas às dores,
Que o peito nos consome! Oh!... campa, oh! campa,
Quanta mágoa desperta o teu silêncio!...

Bendito sejas tu, oh! Deus supremo,
Que nos dás a saudade, o pranto, as dores,
Tu, que arrancas ao filho, a mãe querida,
O filho — esposo — pai — amigo — amante,
Pra tão tremendas dores serenares,
Fazes baixar do teu empíreo imenso,
Sobre as asas da fé, bálsamo santo,
Que unge a nossa dor — e o pranto estanca.

Bendito sejas tu — bendito aquele
Que dorme no Senhor seu sono eterno!...

## *Queixas*

      Esta vida,
      Consumida,
      E afligida
Como tarda em se extinguir!
No meu livro do passado —
No presente amargurado,
Só dores tenho a carpir.

Se ensaio um canto,
Me afoga o pranto
A noite enquanto
Velo mesquinha a me fartar de dores.
Taça pungente de amargura intensa,
Minha alma sorve na fatal descrença
      De fúlgidos amores.

Fantasia, que afagas os meus sentidos,
Voz de mistério a repetir-me — sim.
Depois, ruína, solidão profunda...
      Esquecimento enfim...

Só se vive, se amor alenta a alma,
Bafejo santo, emanação dos céus!
Nos foge a vida, se o amor nos foge...
Ah! tudo mente... só não mente Deus.

É tudo abismo! Quem criou o amor,
      Tal poder lhe imprimiu?
Por que tão cruciante cava a dor,

Angústia a mais acerba, acre amargor,
      No peito que o fruiu?!...

      Vida! vida pesada,
      Angustiada,
Sem esperança, sem prazer... só dores...
      Que me vale o viver?
Nua de crenças — sem sonhar amores...
      Meu Deus! antes morrer.

A morte ao menos, que tememos tanto
Traz o repouso — o esquecimento traz!
Dos mortos olhos não se filtra o pranto,
Por sob a lousa só domina a paz.

## *Hosana*

*Dedicada ao ilm. sr. dr. Ovídio da Gama Lobo,
distinto literato*

*Simpatia e gratidão*

Que diz o infante,
Se o rir dum instante
Se muda inconstante
Num brando chorar?
Que diz a donzela,
Que cisma, tão bela!
Que sente? que anela?
No seu meditar?

Que dizem as palmeiras,
Donosas, fagueiras,
Se as brisas ligeiras,
Vão nelas gemer?
Que diz a rolinha,
Que à tarde sozinha
Saudosa definha,
Se o par vê morrer?

Que dizem as flores,
Emblema de amores,
De infindos primores,
De infindo gozar?
D'orvalho cadente
A gota nitente,

Que a erva inocente
Vem meigo beijar?

Se brame raivoso
O pélago iroso,
Se geme saudoso
Na praia — o que diz?
Que dizem os cantos
De magos encantos,
Que ensaia sem prantos
Mimosa perdiz?

Que diz a vaidosa
Gentil mariposa,
Que o suco da rosa
Fragrante — libou?
A loura abelhinha,
Que diz quando asinha,
Beijando a florzinha,
O mel lhe roubou?

Que diz erma fonte?
Que diz o horizonte?
E o cimo do monte,
Que s'ergue altaneiro?
A lua indolente
Que diz meigamente,
Na face virente
De grato ribeiro?

Que diz todo o mundo
Num voto profundo

Eterno, e jucundo
Tão cheio de amor?
Que diz o universo,
O justo, o perverso,
Em júbilo imerso?
Hosana! Senhor!

## *Canto*

> *Ao feliz aniversário do nosso prezado amigo —*
> *o jovem poeta — o sr. Raimundo Marcos Cordeiro*

É certo — não prorrompem neste dia
Os ecos do canhão — lembrando às gentes,
    Lembrando ao cortesão
O solene cortejo... áureo diadema.
A fronte não te adorna — a vil lisonja
    Não oscula tua mão.

Mas, tens melhor do que isso — por um beijo
De baixo servilismo, eis dos irmãos
    A mais santa afeição,
Extremos de uma mãe afetuosa,
A lira engrinaldada duma amiga;
    Não baixa adulação.

Embora minha voz dum polo a outro
— Como o vento, que impera no deserto —
    A povos desse a lei;
Negara-te lugar sob um dossel;
Quisera-te cantor — não Júlio César:
    Ser poeta, é ser rei.

Poeta, não tenho lira
De marfim, de prata, ou d'ouro;
Mas tenho grato tesouro,
Gravado no coração;
Um tesouro inesgotável

Por nada — vês — trocaria,
São flores de poesia,
São trenos de uma afeição.

São transportes d'amizade,
Eflúvios da meiga flor,
D'aurora lúcido albor,
D'orvalho gota nitente;
São meiguices dalgum canto
Por entre dor soluçado.
É voto puro, e sagrado
Que traduz sentir veemente.

São beijos de duas rolas,
São hinos da solidão,
Do crepúsculo a viração,
Do céu o amplo sudário;
Tudo hei guardado — poeta,
No imo do coração,
Para dar-te em ovação
No teu fausto aniversário.

Não dou-te c'roa de ouro,
Dou-te c'roa de poesia...
Por teu matiz neste dia
Aceita meu pobre canto.
É singelo, mas exala
Perfumes do coração:
São mimos de uma canção,
São notas de dúlio encanto.

Inspirou-o doce enleio
Duma amizade constante;
Mais estreita a cada instante,
Mais formosa em cada dia!
Recebe a pobre canção,
Como um brinde ao teu natal;
Meiga c'roa festival
Ornada de poesia.

## *O pedido*

Oh! dessas flores que te adornam — virgem,
Embora esposa de um momento — atende!
Uma somente, eu te suplico — dá-ma;
Dos seios dela meu sossego pende.

Assim dizia adolescente belo,
Cuja afeição o conduzia a ela,
E com uma rosa perfumada, e leda
Brincava a jovem, festival donzela.

Ela fitou-o com um sorriso mago,
Cheio de encanto, de afeição singela,
E deu-lhe grata — desfolhando a rosa,
As meigas pétalas dessa flor tão bela!

Não sei, se o jovem estremeceu beijando-a;
Sei que guardou-as — fraternal abraço!
Era essa rosa desfolhada — as notas
Últimas d'harpa, que se esvai no espaço.

## *Amor*

Ah! sim eu quero rever-te a medo
Terno segredo — que em minh'alma habita;
Mas, vês? eu tremo... teu sorriso anima:
Vê, se o que digo, o teu dizer imita...

Um ai poderá traduzir — num ai
Tudo o que pedes que eu te diga agora;
Mas tu não queres!... teu querer respeito.
Eia... coragem! dir-te-ei numa hora.

Oh! não te esqueças meu rubor, meu pejo,
Vê que eu vacilo... que eu perdi a cor:
Embora... escuta. Tu me amas? — dize,
Eu te confesso que te voto amor...

# *Cismar*

*À minha querida prima — Balduína N. B.*

Quando meus olhos lanço sobre o mar
Augusto — o seu império contemplando;
Quer tranquilo murmure — ou rebramando,
Expande-se meu peito extasiado.
Corre minh'alma pelo céu vagando
Sobre seres criados — Deus buscando...
E fundo, e deleitoso é meu cismar.

Se ronca a tempestade enegrecida,
Pavoroso trovão rouqueja incerto;
As nuvens se constrangem, o céu aberto
Elétrico clarão vomita escuro:
Ao Deus da criação, ao rei da vida
Elevo o pensamento, e o coração...
Cresce, avulta, e aumenta a cerração
E em meu vago cismar só Deus procuro;

Se plácida no céu correndo vejo
— A lua — o mar, as serras prateando,
Qual áureo diadema cintilando
Em casta fronte de pudica virgem,
Em meu grato cismar só Deus almejo...
Bendiz minh'alma seu poder imenso!
Bendiz o Criador do Orbe extenso,
Que os outros rege — que seu trono cingem.

E bendigo depois a minha dor,
Meu duro sofrimento — o meu viver...
Porque pode apagar, fundo sofrer
As feias culpas do existir da terra.
Oh! sim minh'alma te bendiz Senhor.
Quando cismando se recolhe triste...
Bendiz o eterno amor, que em ti existe,
O imenso poder que em ti se encerra!...

## *Itaculumim*

As praias descanto,
Que têm tanto encanto —
— que ameiga meu pranto
Do belo Cumã!
A lua prateia
Seus combros d'areia,
A vaga passeia
Na riba louçã.

Fronteiras a elas
Se ostentam tão belas
Desertas singelas,
As praias de além;
Há nelas penedos,
Enormes rochedos,
Que escondem segredos...
Eu canto-as também.

Eu creio que irmã
Deus fez o Cumã
Da praia louçã
Do Itaculumim.
A vaga anseia
Além — e vagueia
Que nestas ondeia,
Eu creio por mim.

✳

Não vedes as praias fronteiras? A quem
Se estende o formoso Cumã lisonjeiro:
Além se dilatam de Itaculumim
As praias saudosas, o morro altaneiro.

O índio em igaras — vencia esse espaço,
Juntava-se em turbas — amigos queridos;
Após os folgares, as breves canções,
Valentes pra guerra marchavam reunidos.

Mas, foram esses tempos de paz, e sossego,
E tempos vieram de guerra, e de morte...
E sempre ao irmão — e sempre o penedo
Qual firme atalaia — vigiam no norte.

Os íncolas tristes — a raça tupi
Deixando suas tabas, fugindo lá vão,
Que mais do que a morte no peito lhes custa,
A fronte curvar-se-lhes à vil servidão.

O índio prefere no campo da lide
Briosos guerreiros a vida acabar;
Ver mortos seus filhos, seus lares extintos
Do que a liberdade deixar de gozar.

Sua alma que é livre não pode vergar-se,
Por isso seus lares 'í deixam sem dor;
E vão-se prudentes — altivos — jurando
Que a fronte não curvam da pátria ao invasor...

Ceder só à força, que poucos já eram,
Que os mortos juncavam seus campos mimosos...

Deixaram estas praias que tanto queriam,
Fugiram prudentes — mais sempre briosos.

Depois, lá bem longe... nas noites de inverno,
Ouvindo nas matas gemer o trovão,
E os ecos saudosos, e os ecos sentidos
Quebrados, chorosos na erma soidão,

Lembravam com prantos, que amargos lhes eram
As praias amenas do belo Cumã;
O morro altaneiro de Itaculumim,
Os combros d'areia na riba louçã.

E ermo, e saudoso das ninfas, que amou,
Das crenças, que teve descanta o pajé;
Os outros escutam seu canto choroso
Que fala das crenças, que vida lhes é.

Ele começa com voz soluçada:
"Nas praias do norte nascidos tupi;
Existem palácios no mar encantados,
No leito das águas de Itaculumim.

Ah! quanto é formoso seu vasto recinto,
Oh! quanto são belas as virgens dali!
O teto, que as cobre de conchas de neve,
O solo das perlas mais lindas que vi.

O colo das virgens é branco, e aéreo;
As tranças de ouro rasteiam no chão;
O canto é sonoro — tem tal harmonia
Que prende de amores qualquer coração.

Seu corpo mimoso semelha a palmeira,
Que troca co'a brisa seu ledo folgar:
As meigas palavras, que caem dos lábios,
Parecem harmonias longíquas — do mar.

Saudades que eu sinto de tudo que amei,
Se triste recordo seus mimos aqui...
Saudades do belo Cumã lisonjeiro,
Saudade das praias de Itaculumim...

Deixamos as tabas de nossos avós...
As águas salgadas, que tinham condão!
Deixamos a vida nos lares queridos,
Vagamos incertos por ínvio sertão".

✳

Entre suspiros cessa o triste canto;
   Mais não disse o pajé!
Um silêncio dorido sucedera
   Ao seu canto de dor...

Ele! Tão feliz... ele, ditoso
   Eu seu doce folgar;
Em palácios dourados repousando.
   Em instantes de amor...

Agora na soidão — agora longe
   Dessas deusas do mar;
Agora errante, triste, e sem destino
   Sentia a aguda dor...

Por isso era canto bem sentido
        Lá por ínvios sertões!
Perdera as salsas praias, arenosas,
        Perdera o seu amor!

Lastimava seu fado — e se carpia
        Das praias do Cumã.
E de Itaculumim se recordava
        Com suspiros de dor...

✳

E muitos prantos soluçados vinham
De saudades — quebrar a solidão!
Depois, era um silêncio amargurado,
Depois, suspiro fundo de aflição...

✳

Prosseguem entanto sem destino, aflitos,
Prosseguem marcha duvidosa, errante:
E aqui campeia do Cumã as praias,
        E Itaculumim gigante.

## *À minha extremosa amiga d. Ana Francisca Cordeiro*

Donzela, tu suspiras — esse pranto,
Que vem do coração banhar teu rosto,
Esse gemer de lânguido penar,
Revela amarga dor — imo desgosto:
Amiga... acaso cismas ao luar,
Terno segredo de ignoto amor?!...

Soltas madeixas desprendidas voam
Por sobre os ombros de nevada alvura;
Tua fronte pálida os pesares c'roam
Como auréola de martírio... pura,
Cândida virgem... que abandono o teu?
Sonhas acaso com o viver do céu!

Sentes saudades da morada d'anjos,
D'onde emanaste? enlanguesces, gemes?
É nostalgia o teu sofrer? De arcanjos
Perder o afeto que te votam — temes?
Ou temes, virgem — de perder na terra,
Toda a pureza que tu'alma encerra!?...

Não, minha amiga — que a pureza tua
Jamais o mundo poderá manchar:
Límpida vaga a melindrosa lua,
Vencendo a nuvem, que se esvai no ar,
E mais amena, mais gentil, e grata
Despede às águas refulgir de prata.

Que cismas pois? por que suspiras, virgem?
Por que divagas solitária, e triste?
Delira a flor — e na voraz vertigem
Dum louco afeto, té morrer persiste...
Pálida flor! O teu perfume exalas
Nesses suspiros, que equivalem falas.

Cismas à noite... que cismar o teu?
Sonhas acaso misterioso amor?
Vês nos teus sonhos o que encerra o céu?
Aspiras d'anjos o fragrante olor!?
Porque, não creio que a esta terra impura
Prendas tua alma, divinal feitura.

Não. És resumo dos afetos santos,
Que além se gozam — que uma vez somente
À terra descem, semelhando prantos,
Que chora a aurora sobre a flor olente;
Meigos, sem mancha, vaporosos, ledos,
Puros — de arcanjos divinais segredos.

Sentes saudades da morada d'anjos!
Sentes saudades do viver dos céus?
Ouves os carmes de gentis arcanjos!
Soluças n'harpa teu louvor a Deus!?...
Anjo! descanta sobre a terra ímpia
Místicas notas de eternal poesia.

# *Meditação*

*À minha querida irmã — Amália Augusta dos Reis*

Vejamos pois esta deserta praia,
Que a meiga lua a pratear começa,
Com seu silêncio se harmoniza esta alma,
Que verga ao peso de uma sorte avessa.

Oh! meditemos na soidão da terra,
Nas vastas ribas deste imenso mar;
Ao som do vento, que sussurra triste,
Por entre os leques do gentil palmar.

O sol nas trevas se envolveu — mistérios
Encerra a noite — ela compr'ende a dor;
Talvez o manto, que estendeu no bosque,
Encubra um peito, que gemeu de amor.

E o mar na praia como liso ondeia,
Gemendo triste, sem furor — com mágoas...
Também meditas, oh! salgado pego —
Também partilhas desta vida as fráguas?...

E a branca lua a divagar no céu,
Como uma virgem nas soidões da terra;
Que doce encanto tem seu meigo aspecto,
E tanto enlevo sua tristeza encerra!

Sim, meditemos... quem gemeu no bosque,
Onde a florzinha a perfumar cativa?

Seria o vento? Ele passando ergueu
Do tronco a copa sobranceira, altiva.

Passou. E agora sufocando a custo
Meu peito o doce palpitar de amor,
Delícias bebe desterrando o susto,
Que a noite incute a semear pavor.

E um deleite inda melhor que a vida,
Langor, quebranto, ou sofrimento ou dor;
Um quê de afetos meditando eu sinto,
Na erma noite, a me exaltar de amor.

Então a mente a divagar começa,
Criando afouta seu sonhado amor;
Zombando altiva de uma sorte avessa,
Que oprime a vida com fatal rigor.

E nessa hora a gotejar meu pranto,
Nas ermas ribas de saudoso mar,
Vagando a mente nesse doce encanto,
Dá vida ao ente, que criei pra amar.

E a doce imagem vaporosa, e bela,
Que a mente erguera, engrinaldou de amor,
Ergue-se vaga, melindrosa, e grata
Como fragrância de mimosa flor.

E o peito a envolve de extremoso afeto,
E dá-lhe a vida, que lhe dera Deus;
Ergue-lhe altares — lhe engrinalda a fronte,
Rende-lhe cultos, que só dera aos céus.

Colhe pra ela das roseiras belas,
Que aí cultiva — a mais singela flor;
E num suspiro vai depor-lhe as plantas,
Como oferenda — seu mimoso amor.

Mas, ah! somente a duração dum ai
Tem esse breve devanear da mente
Volve-se a vida, que é só pranto, e dor,
E cessa o encanto do amoroso ente.

## Nas praias do Cumã

SOLIDÃO

Aqui na solidão minh'alma dorme;
Que letargo profundo!... Se no leito,
As horas mortas me revolvo em dores,
Nem ela acorda, nem me alenta o peito.

No matutino albor a nívea garça
Lá vai tão branca doudejando errante;
E o vento geme merencório — além
Como chorosa, abandonada amante.

E lá se arqueia em ondulação fagueira
O brando leque do gentil palmar;
E lá nas ribas pedregosas, ermas,
De noite — a onda vem de dor chorar.

Mas, eu não choro, lhe escutando o choro;
Nem sinto a brisa, que na praia corre:
Neste marasmo, neste lento sono,
Não tenho pena — mas, meu peito morre.

Que displicência! Não desperta um'hora!
Já não tem sonhos, nem já sofre dor...
Quem poderia despertá-lo agora?
Somente um ai que revelasse — amor.

## *Embora eu goste*

Embora eu goste de escutar sozinha,
O mago acento da ternura tua;
Embora em meus transportes eu te adore,
Embora sobre mim teu ser influa;

Embora eu folgue por te ver risonho,
Cativo ao meu querer, a mim rendido;
Embora amor te abrase o peito em sonho,
E meu peito o adivinhe enternecido;

Embora venha à flor desses teus lábios,
Essa frase sonhada, e misteriosa;
Essa palavra mágica, que enleva
Como perfume de orvalhada rosa;

Embora em escutá-la eu despertasse
Deste longo torpor — desta apatia;
Embora de meu peito transbordasse
Em ondas de prazer louca alegria;

Sepulta-a no mais imo da tua alma,
Volvê-la a custo embora — ao coração:
Imponho-te o silêncio, que me imponho,
Embora eu sinta por te amar — paixão.

Talvez, sim, que minh'alma te compreenda;
Talvez que nos estreite um só querer;
Talvez... mas, ah! porque rasteira grama
Intentas, louco! de seu leito erguer!...

Não sabes que isolada ela vegeta,
Deserdada por Deus de afeto, e amor?
Ah! não lhe toques — não lhe dês teu pranto:
Deixa-a isolada, emurchecer de dor.

À hora em que nasci sumiu-se o disco
Do sol luzente — e uma estrela pura
Não fulgiu no lençol azul do céu,
Amenizando-me a existência dura:

E avara de gozos foi-me a infância,
Para os demais idade venturosa...
À primeira expressão da minha vida,
Foi do infindo pesar — dor venenosa.

A custo hei arrastado os longos dias
De penosa aflição já bem eivados;
Custei-me a dominar — não formo queixas
Contra o capricho de meus agros fados.

Deixa que eu sofra sem que o saibas tu,
Paixão ardente me ondear no peito;
E que se exalte o coração de afetos,
E que se estremeça por amor sujeito.

Deixa em segredo repetir minh'alma
Que o meu ouvido não me escute o acento,
Que és o doce enlevo do meu peito,
O bem que me absorve — o pensamento.

Mas nunca intentes arrancar-me aos lábios
De amor a misteriosa confissão.

Impossível me fora... oh! impossível! —
Sem que o saibas é teu — meu coração.

Posso dar-te a existência — a vida inteira;
Contigo partilhar ventura, ou dor;
Mas, nunca a teus ouvidos murmurara
Com mago acento esta palavra — amor!

Embora em repeti-la eu despertasse
Deste longo torpor, desta apatia;
Embora de meu peito transbordasse
Em ondas de prazer minha alegria.

Sepulto-a no mais fundo de minh'alma,
Volva-a a custo embora — ao coração;
Imponho-me o silêncio que te imponho,
Embora sinta por ti amor, paixão.

# *Não quero amar mais ninguém*

Quereis qu'eu cante na lira
Os meus amores? Pois bem;
Os meus amores são sonhos,
Eu nunca amei a ninguém.

Temi que, amando na terra,
De amor me viesse algum mal,
Criei no céu meus amores,
Amei ao meu ideal.

Oh! nem sabeis quanto é belo
Um ideal de mulher!
É belo como arcanjos,
Aos pés do Supremo Ser.

É grato, belo, é deleite,
Encanta, enleia, seduz,
Como nas trevas da noite
Se brilha ao longe uma luz.

Fala... sua voz é saltério;
São gratos hinos a Deus;
São acentos mist'riosos;
Que sobem puros aos céus.

Se nos sorri — seu sorriso,
São ternos votos de amor;
São como gota de orvalho
De leve beijando a flor.

Pra que amores na terra,
Se amo ao meu ideal?
Amores que cavam prantos,
Amores que fazem mal!...

✳

E teço-lhe grinalda de poesia,
    Singela, e odorosa;
E dos anjos escuto a melodia,
    A voz harmoniosa.

E um doce ambiente se respira,
    E mais doce langor;
Expande-se meu peito — a alma suspira
    Ofegante de amor.

E a música celeste recomeça
    Ao som de nosso amor:
Mistério! a lua é pura... a flor começa
    A vestir-se de odor.

É tudo belo... toda a relva é flor,
    Todo o ar poesia!
O prazer é do céu... aí o amor
    É hino de harmonia.

✳

Qu'importa que sejam sonhos
Os meus amores? Pois bem,
Eu quero amores sonhando,
Não quero amar mais ninguém.

## *Minha alma*

Agora, agora que ninguém nos ouve,
Dize, minh'alma — que sofrer te avexa?
Sofres? Eu sinto!.. que pungir o teu!
Foge aos rigores de uma sorte avessa.

Vês-me abatida como arbusto débil,
Que a fronte inclinada se o aquilão soprou;
Sombra tristonha, que vagueia aflita,
Buscando a campa que seu mal cavou,

E não minoras minha dor sem prantos...
Gemes comigo na amplidão do ermo?
As nossas dores são comuns — minh'alma,
Fundas, eternas — não terão um termo!

Se em desalento me lastimo e choro,
Se a dor me rasga o desolado peito,
Gemes. Na insônia de compridas noites
Velas comigo a suspirar no leito.

E quando estua o coração de angústias
Vejo-te aflita delirar — que tens?
Remorso agudo te penetra o seio?
De negros crimes rebuçada vens?!...

Oh! que blasfêmia! Tu essência diva,
Límpida, pura... não pecaste — não.
Presa ao ergást'lo de grosseiro barro,
Sofres com ele... que fatal prisão!

Sofres! És boa... meu sofrer te acanha...
Gemes, se eu gemo — se eu pranteio, choras;
Se a culpa, ou erro me constringe o peito,
És tu, meu anjo — quem da culpa coras.

Juntas erramos neste vale — aflitas
Arrastam ambas seu viver dorido...
Dás-me teus prantos se me escutas, triste
Brotar do peito soluçar sentido.

É minha culpa, sim — perdão minh'alma!
A culpa é minha — o sacrifício teu,
Sublime exemplo do mais puro amor!
Sê minha estrela ao caminhar pra o céu.

Só tu me ouviste blasfemar — perdoa!
Eu sofro tanto!... ah! perdão... perdão!
Deixa esta dor se enregelar no peito,
Quebra, espedaça tua fatal prisão.

## *Desilusão*

É sempre assim a vida — mero engano;
Após o riso, lágrimas, e dor,
      Pungentes amarguras...
Um querer que renasce louco, insano
E quebra-se no nada, sem fragor,
Como sombras em ermas sepulturas.

Assim compensa o mundo o amor mais terno,
O doce sentimento de afeição,
      O mais fino sentir...
Embora! o amor não é um gozo eterno,
Abrasa o peito, a alma é um vulcão,
Pode tudo num'hora consumir.

Pode de cinza, e larvas enastrar
O peito já cansado — e após a neve
      Sobre ele chover:
Depois — da vida a tarde — o encontrar
Em apático existir já morta a seve,
O gérmen, a esperança, ou o querer.

Mas, seja fogo, ou gelo a recompensa
Do amor — esse extremo não destrói
      Outro mimo, outro afeto.
Malgrado tanto azar, mesmo descrença,
Inda resta a amizade — a quanto dói
Consolo, refrigério, asilo certo.

Assim sonhei eu triste! Em meu cismar,
Depois que o amor, que amei roubou-me a morte,
      E em vão o carpi!
Engano! Quem desfez o meu sonhar?
Fatal desilusão!... mesquinha sorte!
Como o amor também fugir a vi...

Tudo... tudo esvaiu-se, amor que amei;
Afetos melindrosos como a flor,
      Que nasce entre a geada;
Extremos tão ignotos que eu sonhei,
Singelas afeições, mimoso amor.
Tudo varreu-me a tempestade irada.

Agora ao mundo presa na aparência,
Sôfrega sorvendo o cálix do prazer,
      Só nele encontro fel!...
Da dor calou-me o peito a acre essência,
Resumo inexplicável do sofrer!
O mundo me acenou — chamou-lhe — mel.

Escárnio! Quanto dói demais na vida,
De amor o esquecimento — da amizade
      A fria recompensa.
Tudo hei provado na afanosa lida,
De uma louca, e cansada ansiedade —
Delírio, sonho, engano — árdua sentença!

Sem amor, sem amigos, sem porvir,
Sem esperanças, ou gozos — sem sequer
      Quem sinta a minha dor...
Só no mundo — só... triste existir!

Que me resta, meu Deus! — que resta a ver,
Se tudo hei visto neste longo error?!!...

Basta! basta minh'alma... o teu sofrer
Infindo — o teu prazer sem esperança,
      Foi só o teu condão!...
Vai como a rola em solidão gemer:
Da tempestade após vem a bonança,
Terás na campa a paz do coração.

# *A vida é sonho*

*Oferecida ao ilm. sr. Raimundo Marcos Cordeiro*

*Prova de sincera amizade*

A vida é sonho — que afanoso sonho!
Há nela gozos de mentido amor;
Porém aquilo que nossa alma almeja
É sonho amargo de aflitiva dor!

Fantasma mudo, que impassível foge,
Se mão ousada a estreitá-lo vai;
Sombra ilusória, fugitiva nuvem,
Folha mirrada, que do tronco cai...

Que vale ao triste sonhador poeta
A noite inteira se volver no leito,
Sonhando anelos — segredando um nome,
Que oculta a todos no abrasado peito?!!...

A vida é sonho, que se esvai na campa,
Sonho dorido, truculento fel,
Longa cadeia, que nos cinge a dor,
Vaso enganoso de absíntio, e mel.

Se é um segredo que su'alma encerra,
Se é um mistério — revelá-lo a quem?
Se é um desejo — quem fartá-lo pode?!
Quem chora as mágoas, que o poeta tem!?!

Ah! se um segredo lhe devora a vida,
Bem como a flor, o requeimar do dia;
Ele se estorce no afanoso anseio;
Rasga-lhe o peito íntima agonia.

Então compulsa a melindrosa lira,
Seu pobre canto é desmaiada endeixa,
A lira segue merencória, e triste
Pálidos lábios murmurando queixa.

Mas, esse afã — esse querer insano,
Esse segredo — esse mistério, enfim,
Não é a lira que compreende, e farta,
Que a lira geme, mas não sofre assim.

A vida é sonho, duvidar quem pode?
Sonho penoso, que se esvai nos céus!
Esse querer indefinido, e louco,
Só o compreende — só o farta — Deus.

# Nênia

*À memória do mavioso e infeliz poeta dr. A. G. Dias*

Lamenta, Maranhão — lamenta, e chora
O teu mimoso cisne — imortal Dias!
Veste teus prados de lutuoso crepe,
Despe tuas galas, infeliz Caxias!

Não foi dos vermes seu cadáver presa,
Não teve campa, não dormiu na terra!
O mar prestou-lhe monumento aurífero,
Deu-lhe essas pompas, que em seu seio encerra.

Mimosas colchas de nevadas perlas
Lhe adornam o leito de safira, e ouro...
Os pés lhe enastram de corais as palmas;
Forma-lhe a campa imorrredor tesouro.

Não morre o gênio! Não morreste, oh! Dias,
Eis-te nas vagas serenando o mar...
Eis-te no orvalho, que a manhã chorosa,
Manda benéfica uma flor beijar.

Eis-te nas vagas de São Marcos — Dias,
Desfeito agora em melindroso encanto!
Eis-te pendendo dos mangueiros pátrios,
Como dos olhos duma virgem o pranto.

Eis-te nas tabas — nos caldosos rios,
Nas salsas praias — no volver da brisa,

No grato aroma de mimosas flores,
Na voz do vento, que o oceano frisa...

Eis-te, poeta mavioso, e terno,
Em cada peito, que te ouviu cantar;
Eis-te na história — perpassando aos evos.

*

        Poeta, concerta hinos,
        Ao som dos hinos divinos,
        Canta excelsos, peregrinos,
        Místicos carmes a Deus.
        Com estro divinizado,
        Salmo de amor incensado,
        Ao Deus Senhor humanado,
        Canta, poeta — nos céus.

        Canta, canta — e as falanges
        Dos anjinhos do Senhor,
        Dos seus jardins uma flor,
        Cada qual te irá colher;
        E na tua harpa — poeta,
        Na tua harpa sagrada,
        A flor no céu educada
        Virão depor com prazer.

        Dessas harpas diamantinas
        De notas tão peregrinas,
        Em que os anjos — as matinas
        Incessante cantam a Deus,
        Fere a corda harmoniosa,

A corda mais sonorosa,
Desprende a voz maviosa;
Canta, poeta — nos céus.

Canta no céu, que na terra,
Foi teu cantar noite e dia
Nota de eterna harmonia,
Perfumes de olente flor...
Foi teu cantar melindroso.
Como um sentir misterioso,
Que passa vago, e mimoso
Num peito, que cisma amor.

Foi tua lira fadada,
Foi teu cantar a balada,
Sonorosa, e concertada
Pelos arcanjos de Deus!
Foi hino sacro de amor,
Foi harpa do rei — cantor...
Agora ao teu Criador
Canta, poeta — nos céus.

# À *partida dos voluntários da pátria do Maranhão*

Ide, bravos maranhenses,
Ide a pátria defender!
Como antigos brasilienses,
Não sabeis também vencer?
Ide bravos — qu'a vitória —
De vossos nomes a glória
Está no vosso valor:
Nosso pendão hasteai
Nos campos do Paraguai;
Vencei ao vil agressor.

No furor da luta ingente
Ante a face do inimigo,
Quando mais dobre o perigo,
Quando for mais iminente;
Lembrai-vos, oh! maranhenses,
Desses heróis brasilienses,
Que no altar da liberdade
Sacrificaram as vidas,
No campo de eternas lidas,
Com denodo e heroicidade!

Tendes no Outeiro da Cruz
Exemplos assinalados,
Feitos tais, e tão ousados,
Vossos brios não seduz!
Não vos recorda o Bacanga,
Qu'ao grito lá do Ipiranga

Entusiasmado bradou:
Morte! morte — ou liberdade!
Com tanta seguridade,
Que a liberdade raiou?!!...

Não desmintais esses feitos,
Nossos avós imitai...
Não sentes em vossos peitos
Coragem? Eia! voai.
Voai ao campo da Glória;
Aí cantai a vitória:
Desfraldai nosso pendão;
Fazei-os de horror tremer...
Eia! vencer — ou morrer —
— É divisa da Nação.

Vingai da pátria ofendida
Os brios, o pundonor;
Sacrificai nessa lida
Sossego, vida, e amor.
Não temais a morte honrosa,
Que no campo vem gloriosa,
Toda brilhante ao soldado...
É mais um nome na história...
É mais um padrão de glória,
Que aos evos será legado!

Ide, bravos maranhenses,
Ide a pátria defender;
Como antigos brasilienses,
Vós também sabeis vencer!
Ide, que a pátria vos chama,

Os vossos brios reclama,
Reclama o vosso valor;
Não desmintais a esperança,
Que tem na vossa pujança,
Dos vossos brios — no ardor.

## *Uns olhos*

Vi uns olhos... que olhos tão belos!
Esses olhos têm certo volver,
Que me obrigam a profundo cismar,
Que despertam-me um vago querer.

Esses olhos me calam na alma
Viva chama de ardente paixão;
Esses olhos me geram alegria,
Me desterram pungente aflição.

Esses olhos devera eu ter visto
Há mais tempo — talvez ao nascer:
Esses olhos me falam de amores;
Nesses olhos eu quero viver...

Nesses olhos, eu bebo a existência,
Nesses olhos de doce langor;
Nesses olhos, que fazem solenes,
Meigas juras eternas de amor.

Esses olhos, que dizem num'hora,
Num momento, num doce volver,
Tudo aquilo que os lábios nos dizem,
E que os lábios, não sabem dizer;

Esses olhos têm mago condão,
Esses olhos me excitam a viver;
Só por eles eu amo a existência,
Só por eles eu quero morrer.

## *A uma amiga*

Eu a vi — gentil mimosa,
Os lábios da cor da rosa,
A voz um hino de amor!
Eu a vi, lânguida, e bela;
E ele a rever-se nela;
Ele colibri — ela flor.

Tinha a face reclinada
Sobre a débil mão nevada;
Era a flor à beira-rio.
A voz meiga, a voz fluente,
Era um arrulo cadente,
Era um vago murmurio.

No langor dos olhos dela
Havia expressão tão bela,
Tão maga, tão sedutora,
Que eu mesmo julguei-a anjo,
Eloá, fada, ou arcanjo,
Ou nuvem núncia d'aurora.

Eu vi — o seio lhe arfava:
E ela... ela cismava,
Cismava no que lhe ouvia;
Não sei que frase era aquela:
Só ele falava a ela,
Só ela a frase entendia.

Eu tive tantos ciúmes!...
Teria dos próprios numes,
Se lhe falassem de amor.
Porque, querê-la — só eu.
Mas ela! — A outro ela deu
Meigo riso encantador...
Ela esqueceu-se de mim
Por ele... por ele enfim.

# Outros poemas

*Poesias oferecidas à minha extremosa amiga a exma. sra. d. Teresa de Jesus Cabral por ocasião da sentidíssima morte de seu inocente filho Leocádio Ferreira de Sousa*

A mão da morte desfolhou na campa
As níveas rosas de teus ledos dias!...
O doce aroma d'uma vida breve,
D'uma harpa santa, divinais poesias.

Do prado a erva delicada e branda,
Qu'a a brisa afaga, enamorada, e bela,
Ingênuo rio de celeste arcanjo,
Suspiro terno de gentil donzela.

Uns sons de lira melindrosa, e grata,
Na parda tarde a conversar co'a brisa,
Macias auras, enrugando apenas
As mansas águas, que ligeira frisa.

Dos coros d'anjos os celestes cantos,
Ou voz sentida de queixoso nauta;
Acentos magos na soidão perdidos
Longínquas notas de saudosa frauta.

Estrela d'alva, que não tem desmaios,
Frescor da tarde, rosicler do dia,
Transporte terno de amoroso encanto,
Qu'inspira, e gera divinal poesia.

✳

Percorre o infinito, revoa no espaço,
Compreende a grandeza que existe nos céus,
Aspira o perfume das auras divinas.
Entoa co'os anjos seus hinos a Deus.

✳

    Voaste, minha esperança,
    Ditosa prenda de amor!
    Estrela da madrugada,
    Em seu virgíneo candor.
    Mimoso lírio das águas,
    Orvalho sobre uma flor.

    Por que tão breve deixaste
    A senda do seu viver?...
    Por que, florzinha, na sesta
    Quiseste emurchecer?...
    Por que triste nos deixaste,
    Entregue a tanto sofrer?!!...

    Por que de Deus um anjinho
    Junto a teu berço pousou,
    E com auribrancas asas
    Tuas brancas faces roçou,
    Como brisa que macia
    Pelas ervas perpassou?!

    E do eco viste a entrada,
    Qu'o meigo anjo indicou.

Viste falange de anjinhos,
Qu'a vista te fascinou,
Viste místicos enlevos,
Que todo o ser te abalou.

E logo deixaste a terra,
Risonho, ledo, e contente;
Porqu'os anjos te acenavam
Com brando gesto inocente;
Porque lá viste meiguices,
Qu'amaste perdidamente.

✳

Percorre o infinito, revoa no espaço.
Compreende a beleza, qu'existe nos céus,
Aspira o perfume das auras divinas,
Entoa co'os anjos teus hinos a Deus.

## *Oferecidos à exma. sra. d. Teresa Francisca Ferreira de Jesus*

*Tributo de simpatia e de admiração*

Virgem!... virgem de amor — o teu sorriso,
Encheu de casto enlevo o peito meu,
Causou-me um doce bem teu mago riso;
E ao teu canto minh'alma estremeceu.

Tão ternos os acentos — tão divina,
Tão sonora a tua voz — que abranda a dor,
Ainda a mais profunda, a mais ferina;
E sem que o queira — nos desperta amor.

Quando declinas esses meigos sons,
Repassados de amor — de melodia.
Eu creio que por Deus, fadados dons,
Partilhaste de maga poesia.

Meu peito acostumado a longas dores,
Há muito geme — já nem sei cantar!
Mas tu melhor qu'a vida em seus fulgores,
Gostosa vida, me tornaste a dar.

Resumes, virgem, singular poesia,
Fragrância pura de mimosa flor,
Lírio sorrindo no nascer do dia.
Gemer das auras, murmurando — amor:

Fora ousadia, decantar-te, oh bela
Estrela d'arvorada em seu fulgor!
És anjo a divagar, gentil donzela,
Entre perfumes, da manhã no albor.

*Guimarães, 3 de março de 1861*

## Minha vida

Um deserto espinhoso, árido e triste
Atravesso em silêncio — erma soidão!...
Nem uma flor qu'ameigue estes lugares,
Nem uma voz qu'amenize o coração!

É tudo triste... e a tristeza acaso
Convém à minh'alma? oh dor! oh dor!
Eu amo acalentar-te no imo peito,
Como a fragrância que se esvai da flor.

Secas as folhas pelo chão caídas,
Calcadas aos pés, o seu ranger me apraz;
Um ai sentido como que murmuram,
Que lembra as queixas qu'o proscrito faz.

E atenta escuto esse gemer queixoso,
Que com minh'alma triste se harmoniza,
Não sei se ameiga as dores, mas ao menos
Meus profundos pesares — ameniza.

Nem uma flor, uma somente brilha
No meu deserto... Que avidez mortal!
E o vento rijo que revolve a areia,
Tudo consome no mover fatal.

No céu a lua, branquejando os mares,
Passeia triste, merencória e bela:
Eu amo a lua, que revela muda
As fundas dores de gentil donzela.

Comigo a sós no meu deserto vivo,
Curtindo dores, que a ninguém comove;
E só a brisa que murmura queixas,
Com meus suspiros a ondular se move.

Mas lá no externo já diviso a campa,
Melhor agora o meu deserto sigo!
Um dia basta — transporei o espaço,
Onde antevejo o derradeiro abrigo.

*Guimarães*

## *Por ver-te*

Por ver-te inda uma vez
      Meu coração
      Anseia desejoso!
Por ver-te a mim rendido d'afeição,
      Por ver-te venturoso!

Por ver-te — após que gozo — o ar que gira
      Em todo o firmamento,
Eu quisera me fossem denegados,
      Só por ver-te um momento.

Por ver-te, inda eu quisera aniquilado
O céu, o mar, a terra, o ar, o vento:
Quisera, pendurados nos abismos,
Ver os astros perderem o movimento.

Quisera qu'em meu leito, a horas mortas,
Tétrico espectro, minaz, sinistramente
Me viesse despertar!— Depois a morte
Meus dias terminasse cruelmente.

      Por ver-te, tudo isso me causara
      Não pesar — alegria.
      Por ver-te uma só vez durante a vida,
         Por ver-te inda um só dia.

      Por ver-te inda uma vez
         Meu coração
         Anseia desejoso!

Por ver-te a mim rendido d'afeição,
Por ver-te venturoso.

      Por ver-te
Tudo — tudo eu daria:
A vida, a alma, oh céus!
      Te of'receria.

*Guimarães*

## *A uns olhos*

Vi uns olhos... que olhos tão belos!
Esses olhos têm certo volver,
Que me obrigam a profundo cismar,
Que despertam-me um vago querer.

Esses olhos me calam na alma,
Viva chama de ardente paixão,
Esses olhos me geram alegria,
Me desterram pungente aflição.

Esses olhos devera eu ter visto
Há mais tempo — talvez ao nascer,
Esses olhos me falam de amores,
Nesses olhos eu quero viver.

Nesses olhos, eu bebo a existência
Nesses olhos de doce langor,
Nesses olhos, que fazem sem custo
Meigas juras, eternas de amor.

Esses olhos que dizem numa hora,
Num momento, num doce volver,
Tudo aquilo que os lábios nos dizem
E que os lábios não sabem dizer.

Esses olhos têm mago condão,
Esses olhos me excitam o viver!...
Só por eles eu amo a existência,
Só por eles eu quero morrer!

*Guimarães, 27 de maio de 1861*

## *Não me ames mais*


Oh! se me amasses
Como eu te amo,
Meus suspiros de dor — minha aflição,
Meus transportes de amor,
Tudo movera
A um terno delirar teu coração.
Oh! se me amasses,
Tristes lamentos,
Meu pungente sofrer — fundo amargor,
Solto meu pranto a correr,
Tu virás sem pesar,
Sem doer-te no peito, amarga dor?!...
Não o creio por certo,
Por que juras,
Que há de eterno viver teu meigo amor?...
Irrisória é essa jura!...
No teu peito,
Não há ternura mais — não há calor.

Pois bem, não quero
Esse mentir grosseiro,
Que semelha nefanda covardia.
Acaso tu supões,
Que amor por compaixão,
Apraz a minha alma, inda um só dia?...

Quero ouvir de teus lábios:
— Cansei já de te amar —
— Já não nutro por ti, ternura — amor.

    Mas, não digas jamais:
    — Oh! eu te amo!
Inda sinto por ti, sedento ardor.
        Não quero mais ouvir-te.
        Não te quero mais ver!...
Prefiro no exilo abandonada
        Acabar a existência,
        Que sonhar,
Que só por compaixão serei amada.

*Guimarães, 26 de agosto de 1861*

## *Saudades*

*A minha íntima amiga T. J. C. S.*

Meus ais arrancados do imo do peito,
Gerados na amarga, cruel soledade,
Recebe-os, querida, no teu coração,
Escuta-lhes a voz, só dizem — saudades!

Aqueles mimosos, dourados instantes,
Em que me jurastes eterna amizade,
Revoca a meu peito, curvado de dores,
Os gratos transportes de infinda saudade.

Jamais de ti tão doces instantes
Me escapam da alma, singela deidade!
Mas, ah! minha cara, do bem gozamos,
Só hoje me resta perene saudade!

Se a força igualasse, meu anjo querido,
Aos castos desejos, que gera a amizade,
Lá junto a teus lábios, lá sobre teu peito,
Quebrara — quebrara tão funda saudade.

Sem ti, cara amiga — do mundo a grandeza
Desvelos — ternura — primor, ou bondade,
Não prendem minha alma, não roubam-me afetos.
Que tudo aborreço, só amo a saudade.

Teresa! Eu te vejo no rubro horizonte.
No dia — na planta — na erva e na tarde.

Te escuto na brisa — no cicio do vento.
Na voz da minha alma — na voz da saudade.

Te vejo na relva — no campo — e na flor;
Mas oh! fantasia... cruel realidade!!...
É só na minha alma, que estás a meu lado,
Nutrindo meu peito de viva saudade.

Adeus, meigo enlevo desta alma que é tua...
Reitera-me os votos de eterna amizade,
Aceita os transportes de minha afeição,
Aceita os delírios de minha saudade.

*Guimarães, 3 de setembro de 1861*

# A constância
*(Tradução)*

Dize-me, linda donzela,
Gentil filha dos amores,
Se me amas, virgem bela,
Se me cedes teus favores?...

    Não, meu nobre senhor,
    Sou formosa, bem o sei:
    Sou pastora — meus afetos,
    A outro já tributei.

Deixa a mísera cabana,
Vem ao meu paço dourado,
Nele serás soberana,
Nele terás régio estado.

    Não, meu nobre senhor,
    Sou formosa, bem o sei,
    Sou pastora — meus afetos,
    A outro já tributei.

Eu te farei baronesa,
E nobre dama de honor.
Terás honras, e riqueza.
Em prêmio do teu amor.

    Não, meu nobre senhor.
    Sou formosa, bem o sei,
    Sou pastora — meus afetos.
    A outro já tributei.

Dar-te-ei rico colar,
Bela c'roa de duquesa
Se mais podes desejar
Metade da realeza.

    Não, meu senhor.
    Sou formosa, bem o sei:
    Sou pobre: mas meu amor
    Por prêmio algum vos darei.

*Guimarães, 9 de setembro de 1861*

# *Dedicação*

> *Je t'aime! Je t'aime*
> *Oh ma vie*
> Byron

> *Tributo de amizade*

Amo a donzela mimosa,
Com suas graças infantis.
Com seus lábios cor da rosa.
Com seus meneios gentis.
Como a garça vaporosa.
Como uns gestos senhoris.

Amo vê-la reclinada
Sobre a margem dum ribeiro.
Docemente acalentada.
Por um sonhar lisonjeiro.
Com a mente toda enlevada.
Em seu cismar feiticeiro.

Amo vê-la na arvorada,
Vagando por entre flores.
Ela flor mais bem-fadada.
Mais recamada de odores.
Colhendo a flor delicada,
Que meiga fala de amores.

Mas, melhor que todas elas,
Amo ver-te em teus fulgores,

Amo-te mais que as mais belas,
Amo-te mais do que as flores,
Que tanto atraem as donzelas,
Que tanto falam de amores.

Eu amo ouvir-te um suspiro
Um só, fugindo medroso.
Como em longínquo retiro.
Amo um som terno — queixoso,
O qual com ânsia eu aspiro,
Repetir-se melindroso.

Eu amo ver-te ligeira
Como a corça fugitiva.
Casta, mimosa, e fagueira,
Ora meiga — outrora esquiva:
Cada vez mais feiticeira,
Cada vez mais casta, e diva.

Amo ver-te — fresca rosa,
Com sua doce formosura,
Com sua fragrância odorosa,
Com seu encanto e doçura,
Entre as outras mais mimosa,
Cobrando amor — e ternura.

Eu amo ver-te entre as belas,
Vagando como senhora,
Como o mimo das donzelas,
Como fada sedutora:
Amo-te mais do que a elas,
Casto perfume da aurora.

Amo em ti, quanto há na vida,
Que inspira melancolia,
Quanto pode ser querida.
Duma harpa a doce harmonia,
Duma virgem a voz sentida,
Dos anjos, a melodia.

*Guimarães, 20 de setembro de 1861*

## *Ao amanhecer e o pôr do sol*

Tomei a lira mimosa,
De festões, a engrinaldei,
E pus-lhe cordas de ouro.
E teus encantos, cantei.

A sombra duma mangueira,
Ao nascer do grato dia,
A hora em que a natureza,
Toda respira alegria.

A hora do arvorecer,
Quem não sente uma afeição?
Quem não sente uma esperança,
Nascer-lhe no coração?

Foi ness'hora, sob a copa
Da bela, e grata mangueira,
Que enflorei a grata lira,
A lira doce e fagueira.

Era a canção, que eu tecia,
Fruto de eterna saudade;
O só prazer, que me resta,
Nesta triste soledade.

Quando um dia, um só na vida,
Vi teu peito arfar de amor,
Tão feliz fui que julguei,
Achar na vida primor.

Quando vi teu meigo riso,
Pelos lábios declinar,
Num transporte indefinível,
Eu me julgava a sonhar.

Quando depois eu te ouvia:
"— É meu prazer adorar-te,
"— De caricias, de desvelos,
"— Hei de, meu anjo, cercar-te.

Trepidava então meu peito,
Meu coração se expandia;
Era meigo esse momento,
Tão cheio de poesia.

E foi-se o dia passando,
Veio a tarde, e a tristeza:
Murcharam as flores da lira,
Secaram de tibieza.

E com a tarde esvaeceu-se,
Minha risonha esperança;
Despontou-me amargo pranto,
Após penosa lembrança.

Lancei a lira por terra,
Já não tinha um só flor!
No fundo peito eu sentia,
Estranha secreta dor.

E veio a noite, eu caí
Em meu penoso cismar,

Pra que veio uma esperança
Meu coração embalar?

Pra que a lira mimosa
Tão desvelada enflorei?!!...
Pra que um nome querido
Ébria de amor, eu cantei?!!

Ah! esse nome querido
Murchou-se qual débil flor!
Esse nome é minha vida,
Meu grato, meu terno amor.

Agora nunca mais hei de
Repeti-lo em meu cantar.
Quero tê-lo na minh'alma,
Quero-o no peito asilar.

*Guimarães*

## *A vida*

Inocentinha donzela,
Eu a vi — flor de beleza!
Risonho esmalte do prado,
Desvelo da natureza.

Era toda virgenzinha,
Toda mistérios de amor!
Tinha a fragrância da rosa,
Tinha do lírio o candor.

Era como a branca espuma,
Erguida por sobre o mar,
Como estrela da arvorada,
Antes do sol despontar.

Como suspiros de amor,
Que do peito, se esvaecem,
Que nuns lábios de rubim,
Docemente se esmorecem.

Tinha ledices, encantos,
Tinha mimoso folgar,
Como a leda borboleta,
Como a abelha, a sussurrar.

Mas depois, passou-se um dia,
Eu a vi mórbida e triste,
Depois um dia, e mais outro,
A bela já não existe!...

Coitada! Que sorte imiga,
Roubou-lhe tanto fulgor?
Foi um delírio... Loucura!
Foi um bafejo de amor.

Eis como a vida se passa,
Após o riso, a tristura,
Após a vida, o dormir
No seio da sepultura.

*Guimarães*

## *Não me acreditas!*
*(A pedido)*


Não me acreditas!... acaso
Há quem mais te possa amar?...
Quem te renda mais extremos,
Quem saiba mais te adorar!?...

Acaso amor mais constante,
Acaso paixão mais fida,
Mais melindrosos afetos
Prendeu-te, de amor — a vida?...

Acaso viste a teu lado
Gozar alguém mais ventura?...
Acaso ternas carícias,
Cobraste de mais ternura?...

Não compreendes quanto dói
Essa dúvida cruel!...
É gota a gota espremida
No peito — de dor, e fel.

Não me acreditas... entanto
Ninguém mais fiel te amou,
Ninguém te rende mais cultos,
Ninguém melhor te adorou.

Sinto em amar-te prazer;
Porqu'o duvidas? — Cruel!...
Há quem mais vele teus dias,
Quem mais te seja fiel?...

Não me acreditas? procura
Mais fido, mais terno amor,
Mais duplicados extremos,
Desvelos de mais primor.

Mas embalde... Oh eu te juro,
Só eu te sei adorar!
Mais doce amor, e mais terno;
Jamais na vida hás de achar.

*Guimarães*

## *Meditação*

O mar estava tranquilo, e espreguiçava-se por sobre os areais de prata da praia solitária, como uma criança adormecida no seu leito. Eu o via assim calmo, e comparava-o com o que me ia pelo íntimo da alma, e pedia a Deus, que amodorrasse minhas dores no meu peito, como tinha amodorrado o mar na sua morada.

Mas, minhas dores prosseguiam fundas, surdas e sem uma esperança de lenitivo. E a lua subia o cume dos céus, e prateava a superfície das águas; mas, era triste e meditabunda, pálida, e desconsolada como minha alma. Ela é como a donzela, e como o poeta, que a desesperança secou a seiva da existência...

Desesperança!!! Acaso não serás tu um crime para aquele a quem o mártir do Calvário resgatou com seu sangue?... Por que pois homem, que, confessas a existência do filho de Deus, asilas em teu coração a desesperança?...

Meu Deus! o homem é tão débil, é tão pó, que a força de muito sofrer, de muitas esperanças iludidas, cai malgrado seu nesse mórbido torpor, nessa apatia dolorosa, a que chamamos —

Desesperança!...

E o mar lambia mansamente as prateadas areias da praia, e a lua prosseguia em sua noturna divagação, e eu dizia:

Meu Deus, que é pois hoje a minha vida? Árida, e pedregosa estrada — deserto ardente, onde não se descobre a fronte risonha dum amigo; ou a mão esquálida, e fria do anjo do extermínio que aperte esta mão requeimada pelo ardor do sol no zênite.

Eis a minha vida: completa solidão, onde um pássaro, não desprende melodiosos sons, onde uma flor não brilha derramando aromas, onde uma fonte, não murmura melindrosas queixas: é uma sepultura, enfim, onde não despontam flores.

Meu Deus, a desesperança estava em minh'alma, e se a vossa misericórdia não fosse ilimitada, eu não poderia obter o perdão; porque todo o homem deve esperar em vós, e eu me tinha esquecido desse salutar dever.

A lua era então perpendicular sobre minha cabeça; o mar gemeu como se lhe houvessem pesado o dorso, e uma onda de vento agitou os areais da praia. Uma viração benéfica murmurou nos leques dos palmares, e esse rugir poético da solidão trouxe à minha alma esquecida então até de si própria, uma melancólica, mas doce recordação.

Oh! eu amei o gemido do mar, a onda de vento passageira, e o ruído dos palmares, que despertaram-me essa ditosa recordação.

O presente pesa-me como um fardo enorme — o futuro envolve-se-me em denso véu de escuridão; por que desenharei o passado?... Há nele uma recordação, uma só; mas essa é a minha vida: nela concentra-se, resume-se tudo quanto de melhor tenho gozado; tudo quanto me resta inda a gozar na terra.

Oh! Deus de suprema, e infinda bondade, quando devíeis fulminar-me com os vossos raios, mandastes ao mar que gemesse, o vento que ondulasse em torno de mim, e as palmeiras que rumorejassem.

Ao ruído poético dos palmares despertou-se uma dulcíssima recordação, e à proporção que meu coração deleitava-se em afagá-la, minh'alma reconhecida a seu Deus, começava a conceber uma nova esperança.

Com que um hino de amor, e de reconhecimento, entoaram o mar, o vento, e os palmares; e eu dobrei os joelhos, juntei à voz da natureza, a voz da minha alma. Eu já tinha uma esperança; e por isso bendizia a Deus do fundo do meu coração.

*Guimarães, 1861*

## *Amor perfeito*

Eu amo a flor,
Sua beleza,
É toda mimo
Da natureza.

Eu amo a rosa,
Pura, fragrante,
Como o sorriso,
Dum terno infante.

Amo o jasmim,
Que vivamente,
Exprime ao peito,
Paixão ardente.

Amo a saudade:
Pungente, ou grata
Passados gozos
Bem nos retrata.

A todas estas
Tributo amor,
Rendo-lhes cultos,
Dou-lhes louvor.

Mas entre elas
Uma prefiro.
Seu grato aroma,
Com enlevo aspiro.

Oh! essa trago
Dentro do peito,
Essa que exprime
— Amor perfeito!

Os meus desvelos,
Minha ternura,
Tudo merece
Sua formosura.

Só ela cobra
Minha afeição,
Dou-lhe minha alma,
Meu coração.

Eu amo a bela,
Mimosa flor,
Como a um suspiro,
De casto amor.

Como uma nuvem
Que se evapora,
Mercê do vento,
Surgindo a aurora.

Como na praia,
Um soluçado
Gemer da onda
Bem magoado.

Como um sorriso,
Que traz bonança,

Como uma leda
Doce esperança.

Como os transportes
Dum coração,
Quando lhe afeta
Prima afeição.

Como o que amo
Mais sobre a terra,
Como os mistérios,
Que amor encerra.

Oh! essa mais
Que as outras flores,
Merece cultos,
Tem meus amores.

Por isso é dela
Minha afeição,
Só ela goza
Meu coração.

Símbolo vivo
De amor perfeito!
Te asilo, e prendo
No fundo peito.

*Guimarães, 1861*

## *Elvira — romance contemporâneo*

Uma noite, como noutras
Flutuava o branco véu
E a branca, e meiga lua
Cismava pura no céu.

E cantavam na senzala,
Os negros, canção chorosa
E dizia a voz sentida:
"— Oh! doce amante extremosa,

Onde vais? Não vês a lua
Como é triste a se carpir?
Assim triste é tua sorte,
Muito te resta a sentir."

Mas, a moça não ouviu
Aquela nênia chorosa,
Ei-la ao encontro do mancebo
Anelante e pressurosa.

"— És tu, Elvira, meu anjo,
Cara amante idolatrada!...
És o bálsamo que sara
Minha alma dilacerada."

E depois contra seu peito,
Conchegou-lhe o coração;
Todo o sangue lhe agitava,
Triste e funda comoção.

E depois nos lábios dela,
Colou-lhe os lábios ardentes;
Mas, ofegava-lhe o peito,
Com pulsações veementes.

Alguma coisa à donzela,
Ele ocultava cuidoso,
Que lhe iria lá por dentro,
Nesse instante doloroso?

"— Elvira! Como eu te amo!
Disse — "vencendo alma dor
Poderás tu compreender,
Quanto é terno o meu amor.

"Dize sempre, oh sim mil vezes,
Que me adoras, terno amante,
Como é doce, quanto eu amo,
Passar contigo um instante!

"Como me apraz escutar-te,
Quando me falas de amor,
Semelha a grata fragrância
Que se esvai de nívea flor.

"Sim, Elvira, eu te juro
Que só por ti amo a vida!
Só por ti... ah! se eu pudera!...
Minha Elvira tão querida!..."

E sufocou um gemido,
Que em seu peito rebentava;

Elvira, louca de amores,
Nem com pesares sonhava.

"— Mas, Afonso, tornou ela,
Que é que queres dizer?
De meu pai é que te lembras,
Que tanto nos faz sofrer?"

"Espera, sê sempre fido,
Tu serás meu cavaleiro,
Esposo da tua Elvira,
Em face do mundo inteiro."

"— Sim — tornou-lhe o aflito Afonso
Mas, Elvira... escuta... eu vou,
Sou soldado, é meu dever...
Amanhã... ah! longe estou!!!..."

"— Longe!... Não digas por Deus
Longe de mim meu senhor!?...
É possível? Tu me iludes.
Praz-te acaso a minha dor?"

"— Elvira, minha adorada,
Eu bem quisera ocultar-te...
Amanhã pela manhã,
Teremos fero combate."

"— Deixa o campo de batalha,
Não sirvas a Rosas cruel,
Esse monstro que vomita
Do peito, veneno, e fel.

"Esse maldito dos céus,
Esse demônio da terra,
Em cujo peito nefando,
Tantos horrores encera.

"Se a esse monstro eu servisse,
Fora, Elvira, abominável:
A teus olhos, bela virgem,
Eu seria detestável."

"— Mas, Afonso, quanto temo!
Quanto já sofro saudade!
Num combate... tu de Rosas
Não teme deslealdade?

"Oh! não vás, querido Afonso!
Tenho um sinistro pensar,
Secreta voz, que me diz;
Que cá não tornas voltar!"

"— Não chores, anjo querido!
Teu pranto me causa dor;
Falta-me antes, Elvira,
Com teus melindres de amor.

"Secas o pranto, que goteja,
De teus olhos, doce amada,
Quero deixar-te risonha,
como uma flor, na arvorada."

"— Dize-me então que não vais
Da tua Elvira apartar-te,

Dize, dize que amanhã,
Hás de aqui comigo achar-te."

Então de novo ofegou-lhe,
Triste, aflito o coração,
Mas, reprimindo um suspiro,
Lhe disse com efusão:

"— Amanhã a esta hora.
Vem querida a este lugar."
"— Tu virás, meu caro Afonso?..."
"— Podes meu bem duvidar?..."

E muito alta ia a noite,
Era breve o amanhecer:
Mas, redobrava em Afonso,
Penoso, duro sofrer.

"— Adeus, Elvira, ele disse
Adeus meu bem, minha amada..."
E depois presa nas fauces,
Gemeu-lhe a voz sufocada.

"— Oh! por Deus, não vás Afonso,
Tu me causas dissabor,
Tens ares de quem padece,
Que sentes tu, caro amor?"

Mas foi-se o moço guerreiro,
Por larga senda a correr,
Como um louco não podendo,
A triste amante mais ver.

\*

Depois quando no céu, era alta noite,
Merencória era a lua a divagar,
De novo o branco véu, noturna brisa,
Faz travessa, mas triste flutuar.

E na triste senzala a mesma voz,
Com que prosseguia em seu cantar,
Tinha pranto na voz, que era queixosa,
Que revela angústia, e aflito azar.

"— Era noite. E bem cruel foi meu pesar,
    Eu que sonhava amor!
Prosseguia meu diurno caminhar,
    Sem pensar, e sem temor.

Mas, meu Deus! antes morrer, que recordar.
    Cenas, que matam de dor!
Nunca mais junto a ti há de voltar,
    — Vítima dum vil traidor..."

    Esta nota última, e triste,
    Fez Elvira estremecer;
    Mas depois cobrando alento,
    Pôs-se de novo a correr.

"— És tu, Afonso querido?
Oh quanto tardava o ver-te..."
"— Não, senhora — um mensageiro,
Que muito tem a dizer-te."

Um temor convulso, os membros
Da virgem então percorreu,
A medula de seus ossos,
Frio de neve desceu.

"— Afonso, Afonso, dizei-me
Por piedade, senhor,
Que é feito, meu Deus, de Afonso?
Que é feito do meu amor!"

"— Afonso, bravo e leal,
Disse o triste mensageiro,
Foi ontem numa batalha,
Do vil Rosas prisioneiro."

"— Morreu? — Tornou-lhe a donzela
Desvairada pela dor."
"— Em seu cárcere degolado,
Foi hoje pelo traidor.

"Vosso nome nos seus lábios,
Foi só o que lhe escutei;
Perdoai-me a triste mensagem;
Que fiel desempenhei.

"— Volto, senhora a vingar,
Esse amigo precioso;
Cumprida a minha missão,
Volto ao campo pressuroso."

E depois quando Dom Sancho,
Procurou a filha amada,

Era como flor sem vida,
Nos areais reclinada.

Morta! morta Elvira bela
Dos anos ao alvorecer!
E Afonso — o triste Afonso
Que tanto soube sofrer!!

Ficou ao velho Dom Sancho,
Remorso; dor, e pesar.
Seus dias já foram breves,
Mas foi longo o seu penar.

*17 de fevereiro de 1862*

## *Hosana*

Que diz o Infante,
Se o rir dum instante,
Se muda inconstante
Num meigo chorar?
Que diz a donzela,
Que cisma tão bela,
Que sente, que anela.
No seu meditar?...

Que dizem os palmares,
Que dóceis aos ares,
Nos ledos folgares,
Sorriem-se a gemer?
Que diz a rolinha,
Qu'à tarde sozinha,
Saudosa definha.
Se o par vê morrer?

Que dizem as flores,
Emblema de amores,
De infindos primores,
De infindo gozar?
Que diz meigamente,
D'orvalho nitente,
A gota cadente,
Qu'a flor vem beijar?

Se brame raivoso
O pélago iroso,

Se geme saudoso
Na praia — o que diz?
Que dizem os cantos,
De magos encantos,
Que ensaia, sem prantos,
Mimosa perdiz?

Que diz a vaidosa
Gentil mariposa,
Qu'o suco da rosa
Fragrante libou?
A loura abelhinha,
Que diz quando asinha,
Beijando a florzinha,
Seu mel lhe roubou?

Que diz a erma fonte?
Que diz o horizonte?
E o cume do monte,
Que se ergue altaneiro?
Que diz ternamente
A lua intente,
Se coroa indolente
O verde mangueiro?

Que diz todo o mundo,
Num voto profundo,
Eterno, e jucundo,
Erguendo-se aos céus?
Diz grato — amoroso
Hosana! E soidoso,
É tudo um formoso
Concerto ao seu DEUS.

## T...

Mais bela ontem, que nos outros dias,
Mais bela eu vi-te; mais mimosa ainda,
Qu'a nívea espuma coroando as vagas,
Que beijam a areia duma prata linda.

Mais bela eras, mais fluente, e pura,
Mais doce, e meiga que duma harpa santa,
Um hino sacro — melodiosa nota,
Qu'ao rude peito de prazer encanta.

Mimosa, leda como a doce brisa,
Que meigamente num jardim cicia,
Ou branda aragem perfumosa, errando
Por entre ervinhas, ao nascer do dia.

Místico enlevo, ao contemplar-te, sinto
Mulher — ou anjo — ou divinal visão!...
Tipo ideal... eu não te creio fada.
Creio-te anjo de especial missão.

Co'os pés na terra a divagar sonhando
Os ledos sonhos, do viver dos céus;
Das brandas asas, derramando aromas,
Desses perfumes, gize se esvaem de Deus.

És tu, és tu que serenando o ar
Co'um teu sorriso, minha dor suavizas;
És tu qu'a mente do poeta exaltas;
És tu da tarde merencórias brisas.

\*

Acolhe pois os meus cantos;
Vem, adornada de encantos,
Sustar os meus tristes prantos,
Uma hora em cada dia.
Qu'eu te veja ao pôr do sol,
Da manhã pelo arrebol,
Brando cisne — ou rouxinol,
Cantando com melodia.

Quando vires doce estrela
Já desmaiada — mas bela,
Cintilante — mais singela
Do que safira — ou rubi:
Vem ao menos nessa hora,
Como fada enganadora.
Como visão sedutora,
Colocar-te ao pé de mi.

Talvez assim os meus sonhos,
Merencórios, bem tristonhos,
Se volvam belos, risonhos,
Risonhos cheios de amor.
Vem minha lira fadar,
Vem minha mente inspirar,
Meu viver dulciferar,
Vem desterrar minha dor.

Ver-te, ouvir-te é meu prazer:
Tu reanimas meu ser.
Que mais te posso eu dizer,

Anjo — mulher — ou visão!
Tens meus afetos, donzela,
Se te vejo assim tão bela,
Ou, se te escuto singela,
Desferir terna canção.

## O canto do tupi

Sou filho das selvas — não temo o combate,
Não temo o guerreiro — guerreiro nasci;
Sou bravo — eu invoco do bravo o valor,
Sou filho dum bravo, valente tupi.

Na marcha pra guerra, se invoco tupã,
Tupã me responde na voz do trovão;
Entesa-se o arco — desprende-se a frecha,
E o fraco reclina o seu rosto no chão.

Sou filho das selvas — nas selvas nasci,
Sou bravo guerreiro, só amo o lidar;
Se tribo inimiga correndo aí vem,
Ao campo, sanhudo, vou só, pelejar.

Se sonho, nos sonhos eu vejo anhangá,
Que vela a meu lado, qual vela tupã;
Às vezes lhe escuto: guerreiro ao combate
Vai lesto, vai forte, mal rompa a manhã.

Eu vivo nas selvas — nas selvas imensas,
Que vastas se entendem nas terras do norte;
Se corro à peleja, bem sei qu'a vitória
Pertence a meu braço, que é grande, que é forte.

E parto animoso: mal vejo o inimigo,
Começo das setas a ponta a ervar,
Ardendo nos brios de nova coragem,
Contente o triunfo, começo a cantar.

Nas selvas do norte, nasci — dum guerreiro
Qu'as tribos guerreiras fazia tremer,
Herdei-lhe esse sangue, seus brios herdei,
Valente com'ele, só sei combater.

Cem crânios expostos na taba, bem provam
Qu'em terra cem vezes, cem homens prostrei,
Quer deixe na seta seu último alento,
Quer caia vencido nos laços, qu'armei.

Eu vivo nas selvas — nas selvas do norte
Sou índio valente, valente tupi,
Temido na guerra — do bravo temido;
Possante guerreiro, nas selvas nasci.

Se então prisioneiros valentes eu trago,
A tribo me aplaude... que bravo sou eu!...
De dentes imigos o número é tanto
Que atestam qu'o forte jamais me venceu.

Sou filho das selvas — não temo o combate.
Não temo o guerreiro — guerreiro nasci:
Sou bravo... eu invoco do bravo o valor;
Sou filho dum bravo, valente tupi.

## À minha amiga Terezinha de Jesus

*Pago-te em verso o que te devo em ouro*

Beijar-te... ouvir-te a voz divina e pura
Mimosa criatura — anjo de amor!
É gozo que extasia a minha alma
Como oásis na calma — em longo error.

Mimo celeste que vieste ao mundo,
Lodo, jucundo — sedutor e santo!
Teu riso anima melindrosa fada
Por Deus mandada pra estancar meu pranto.

Não vieste, bela, a me inspirar poesia
Nessa harmonia de beleza, e canto?
Não sentes a alma que teu peito aninha,
Que a alma minha [...] tributa [...]!?

Sabes, tu sabes que me[u] peito apuro
No afeto puro — que te hei votado:
Que sonho extremo para ti — ledices
Que de meiguices eu te hei cercado.

Mulher, encanto desta terra amena,
Visão serena — ao despertar do dia,
Que em branca nuvem, com roupagem d'ouro
Desce — tesouro — de imortal poesia.

Anjo que ao sopro matinal desprende
O voo: a acende — do turíb'lo o incenso

Que ondula brando derramando aroma
E ao trono assoma — de Jeová incenso.

É meu empenho compreender teus cantos,
Que encerram encantos — de celeste amor.
Sonho os mistérios devassar dos Céus
Anjo de Deus — no teu mimoso odor.

*Guimarães, 19 de novembro de 1865*

## *Meditação*

> *Era a hora em que o homem está recolhido*
> *nas suas mesquinhas moradas.....................*
> *..................................................................*
> A. Herculano

Vejamos pois esta deserta praia,
Qu'a meiga lua a pratear começa;
Com seu silêncio, se harmoniza esta alma,
Que verga ao jugo duma sorte avessa!

Oh! meditemos... Na soidão da terra.
Nas vastas ribas deste vasto mar,
Ao som do vento, que sussurra triste,
Por entre os leques de gentil palmar.

O sol na terra se envolveu — mistérios
Encerra a noite... ela compreende a dor!...
Talvez o manto, que estendeu na terra,
Lhe esmague o peito, que gemeu de amor!

O mar na praia, como liso ondeia,
Gemendo triste — sem furor — com mágoas!...
Também meditas, oh! salgado pego?...
Também partilhas desta vida as fráguas??...

E a branca lua, a divagar no empíreo,
Como uma virgem, na soidão da terra!...
Que doce encanto tem seu meigo aspecto!
Quantos enlevos sua tristeza encerra!

Oh! meditemos! Quem gemeu no bosque.
Onde a florzinha a perfumar cativa?
Seria o vento, que passando erguera
De tronco anoso a ramagem altiva?

De novo a mente a divagar começa.
Criando afouta seu sonhado amor!
Zombando altiva duma sorte avessa,
Qu'oprime a vida com fatal rigor!

E nesse instante sufocando a custo,
Meu peito o doce palpitar de amor,
Delícias bebe desterrando o susto
Qu'a noite incute, a semear pavor.

E um deleite, inda melhor que a vida,
Langor, quebranto, ou sofrimento, ou dor,
Um quê de afetos, meditando, eu sinto,
Na erma noite, a me exaltar de amor!

E nessa hora, gotejando o pranto,
Nas ermas ribas do saudoso mar,
Das horas mortas, esse doce encanto,
Dá vida ao ente, que criei pra amar...

E à doce imagem vaporosa, e bela,
Qu'a mente ergueu, que engrinaldou de amor,
Eis-me sorrindo melindrosa, e grata,
Como o perfume de amorosa flor!

E a mente a envolve de profundo afeto,
E dá-lhe a vida, que lhe dera Deus!

Ergue-lhe altares, lhe coroa a fronte,
Rendo-lhe cultos, que só dera aos céus!

Colhe pra ela das roseiras belas,
Qu'aí cultiva — a mais singela flor,
E num suspiro vai depor-lhe às plantas,
Como oferenda — seu mimoso amor!

Mas, ah! somente a duração da rosa,
Tem esse breve devanear da mente!
Volve-se a vida, onde há só pranto, e mágoa,
E cessa o encanto do amoroso ente...

*Guimarães*

*É assim que eu te vejo em meus sonhos*
*de noites de atroz saudade...............*
                    A. Herculano

Em vão te estende desolada amante,
    Os frouxos braços!
Em vão delira, e a saudosa imagem,
    Quer seguir os passos.

Em vão... qu'és longe! porque quer a sorte,
    Qu'eu vegete a morrer
Em vão! porque um destino rigoroso,
    Dá-me fundo sofrer.

Em vão!... Mas, no meu leito a horas mortas,
    Vagueia o pensamento;
Remontam-se as ideias, a teus lares,
    Não tem isolamento.

Entre o muito sofrer, que nos abate,
    Na íntima aflição,
Desprende as longas asas, e divaga,
    A mente na amplidão.

Desse espaço infinito — e vê, e goza
    O qu'a terra lhe nega!
Aos ditames da sorte avessa, e dura,
    Só a mente, não verga.

E por isso, eu encontro-te a meu lado,
    Quando sonho acordada!
Quando nas horas mortas d'alta noite,
    Penso em ti — enlevada.

Delira o pensamento — a mente erra
    Em torno ao seu amor!
Cessam as dores d'ausência, seca o pranto,
    Adoça-se o amargor.

Ao menos reata a mente ao infeliz
    A quem a norte nega
Até breve prazer!... Porqu'ela é livre;
    E a sorte, não se verga.

*Guimarães*

# A ventura

Embalde intento descobrir na vida,
Aquele gozo, que se diz — ventura!...
Embalde intento, que frustrar-me eu sinto
Doce esperança — minha sorte dura.

Talvez na campa eu encontrá-la possa,
Se for o orvalho da manhã beijá-la,
E sobre a face despontar-lhe flores
Qu'ao frio leito — vá-me então levá-la.

Talvez nas asas do perfume grato,
Que baixa tênue das regiões dos céus,
Aí voando na amplidão, minh'alma,
Possa gozá-la — se gozar seu Deus.

*Guimarães*

# *Um artigo das minhas impressões de viagem*

PÁGINA ÍNTIMA

De longe, pela proa do navio, o penedo que se ergue entre dous mares, distendendo seus negros braços de pedra, acenava com meneios de quem quer atrair; e o vapor fugia, deixando após si um sulco branco, e espumoso.

Então eu lancei-lhe os olhos áridos de uma lágrima, e pareceu-me ver à flor das águas aniladas, que lhe beijavam as plantas, chusma risonha de ninfas salitrosas, erguendo, e mergulhando as frontes cândidas, e formosas, e entregando às lufadas do vento, as roupas de alvura deslumbrante, sombreadas pelas tranças sedosas de seus dourados cabelos!

Itaculumim! As crenças populares, melhor que o nauta, que desvia cauteloso a proa de seu navio de sobre teus perigosos escolhos, as crenças populares eternizaram teu seio ondoso, e palpitante.

O encanto de que te revestiram, as raças primitivas, as raças indígenas, que hoje se vão bem longe de nós, se prende a todas as lendas nacionais, predomina ainda hoje poética, e misteriosa como a superstição de todos os povos, e há de passar com o mesmo prestígio às gerações porvindouras.

Ah! quantas recordações se prendem a ti!

Itaculumim!... Recordações desses tempos que três séculos e meio, ainda não puderam esquecer — recordações dessas raças belicosas, de caráter altivo, de sentimentos nobres, e elevados...

Na destra o arco retesado pela flecha — na cinta a aljava — o ardor no coração — nos lábios o canto rude do guerreiro, ei-los... sem temor da morte, em campo raso, vertendo sangue por cada povo, e investindo sempre com redobrado valor — porque esse sangue derrama-o pela sua liberdade!

Livre como o pássaro, ou como o ar — esse sangue vai consolidar a sua independência, e o seu direito.

E depois na paz náuticos destemidos, e ousados, ao doce suspirar da brisa, ou ao ronco medonho da procela, lá o vereis na ligeira piroga cortando mares agitados.

Então não era já o canto do guerreiro que o índio modulava — era uma canção sonora, como gemido de viração matutina. De seus lábios fugiam, e iam perder-se na vastidão dos mares notas agudas — às vezes acentos de dulcíssimas harmonias.

Meu coração desperto pelas saudades de um — "adeus" — buscava estas recordações — e depois recaía em penoso cismar.

De repente eu exalei um gemido — minha alma voou aos olhos.

Essas praias... eu as via, e contemplava com a curiosidade de quem nunca as havia visto.

E o navio corria, corria sempre. Meu Deus! meu coração confrangeu-se — a dor tão cruciante pareceu-lhe quebrar as fibras. Ele não soltou um ai; mas no imo gemeu um gemido doloroso que só lhe escutaram as auras, que adejavam além, nesses belíssimos lugares onde um dia a vida me sorriu, e que ora só me pedem lágrimas, e suspiros.

Terra estéril, e poeirenta! embalde hei banhado teu seio com lágrimas de tantos anos...

Ah! o que então senti, não podem exprimi-lo lábios humanos.

Ponta de um ferro agudo que me penetrasse o seio — eco dorido partido das soidões da terra; a me internar na alma — fantasma tétrico, hirto, e medonho a me acenar pra o túmulo, não produzia em mim o que então senti.

Não, não despertaria em minh'alma tantas dores, como me despertou essa terra silenciosa, que lobriguei primeiro que outrem na extremidade dessas vastíssimas praias arenosas, onde a alcíone geme seu gemer saudoso, como o nauta longe da terra, onde ficaram seus poéticos amores — onde a onda se arremessa ora marulhosa, e fremente, ora mansa beijando namorada a planea da praia solitária.

Não, eu não sentiria tanto.

Sim — na extremidade delas, essa terra a quem liguei meu coração... terra dos meus dourados sonhos de poesia — terra, onde eu quisera — mísera de mim! exalar meu último suspiro.

Mas, eu a vi apenas.

Pálida, debruçada sobre a corrente impetuosa, parecia uma flor desbotada, que o arfar das vagas arremessa sobre a encosta solitária.

Contemplei-a com a alma; melhor que com os olhos.

Ah! havia agonia íntima, nessa íntima contemplação.

Ela desdobrou-se inteira a meus olhos... era a virgem cismadora nas ribanceiras do mar — era a recordação viva de meus poéticos devaneios...

Parece-me que me distendia os braços em transporte de angustioso pranto, e com voz lânguida, e dolorosa me dizia — Vem.

Vem gemer sobre meu seio esse gemer de rola moribunda na solidão das florestas...

Olhei-a... era ela... a mesma que outrora eu saudara com um sorriso jubiloso!

Minh'alma então voando ao seio arquejante que ela me devassava, segredou-lhe um instante frases mudas, mas eloquentes, que Deus quis que saiba, e as compreenda todo aquele que sofre muito.

Essa linguagem bem depressa a compreendeu ela; porque fez-se pálida, mais pálida que dantes, e veio trêmula, e agitada colocar-se mais junto de mim.

Sua fronte altiva coroada pelo teto de antigos edifícios, curvada agora para o seio comprimido pela dor moral, que a abatia, dava-lhe a semelhança de estátua de amargura sobre um túmulo gelado.

Olhei-a, e de meu peito rebentaram lágrimas. Ela volveu um pouco a face em presença da dor, que a lacerava, e desdobrou a meus olhos um campo árido e vazio de um só monumento que nos prenda a vida.

Uma baixa muralha alvacenta — uma gradaria de ferro, um portão na face — no fundo uma cruz sobranceira, erma, e solitária como minh'alma; eis o que ela no pungir de sua dor, compreendeu que meu coração lhe suplicava.

Sim. Não se havia enganado.

Era isso mesmo que minh'alma lhe pedia na muda linguagem que lhe havia dirigido.

Foi por isso que ela curvou a fronte abatida, e volveu melancólica, o pálido semblante.

Eu exalei um suspiro único — mas esse suspiro quebrou, passando todas as fibras de meu coração magoado.

Esse suspiro foi a saudação pungente que minha alma atirou àquelas solidões geladas pelo sopro da morte — esquecidas, dormentes, abandonadas no meio de uma população, que se agita, que se meneia, que ri, e folga; e que dorme não lembrada de suas saudades um sono tranquilo; porque a memória do que ali jaz, não vem à noite, à hora do repouso colocar-se em torno do seu leito.

Esse suspiro prolongado doído como a agonia do moribundo, foi um eco de minh'alma febricitante, repercutido sobre as muralhas daquele âmbito de tristezas, ao qual eu sentia minh'alma presa, como a lousa na sepultura.

Esse suspiro, resumiu um passado risonho; mas breve — um passado feliz; mas... um presente de lágrimas e prolongadas amarguras...

Foi um suspiro íntimo, doloroso — um suspiro lento como soluço de agonizante.

Ele passou por meu peito despedaçando uma a uma todas as cordas da harpa gemedora de minh'alma, e foi perder-se na amplidão do céu; porque a terra não o podia compreender.

Deus sim — Deus o compreendeu; porque compreende a grandeza de todas as dores humanas; porque as pesa na balança do sofrimento — porque compadecido de tão agro tormento, um dia nos diz:

— Basta!

Basta, sim — porque esse martírio é o grito de Raquel soluçando seu filho bem-amado... é o brado do infeliz, que mão homicida despenhou no abismo — é o suspiro doloroso da rola solitária!...

Basta... porque esse sofrimento é o vaso de absíntio, que amargura a existência até o extremo — é suor de sangue a gotejar na terra, espremido pelas agonias do Horto!...

Basta enfim; porque a alma enlanguesce à força da dor que a dilacera — no olhos enxutos pelas agonias da vida; o

coração desfeito, e morto pelo sopro glacial da desventura, inclina-se para a borda da sepultura!...
E o vapor corria, corria sempre.
Fim.

*Guimarães, 1872*

# O menino sem ossos

*Aos distintos artistas Eduardo Vieira,*
*Virgílio Oliveira, Virgílio*

Donde vos vem o condão
De avassalardes um novo;
Em frenética ovação
De um modo estranho, novo.

Sereis espíritos dispersos,
Que no mundo vagais,
Ou seres animados
Que a púrpura arrogais!

Quem a vós autorizou,
Tais arrojos d'Arte,
Dando ao nosso Brasil
Regozijo em grande parte,

Ah! sois brasileiros,
Sois mais... um prodígio,
Mostrai à grande Europa
Que t'bém temos prestígio!

Avante mancebos... Avante!
Não temais aos rivais,
Se não sois os primeiros,
Aos primeiros igualais.

No trapézio, corda bamba,
No arame, deslocações;
Na barra e equilíbrios
Extasiais os corações.

Ergue a fronte laureada
Tu, Eduardo Vieira,
Digas ao mundo em peso
Viva a nação brasileira!

Vós, Vieira e Virgílio
Já sois conhecidos nossos,
Quem não fique pasmo
Louco, pelo *menino sem ossos*?

Se de nós não tiveres,
A recompensa que mereceis,
Prosseguireis triunfantes,
Em outras plagas a tereis.

*Metam a caira, cãibras,*
*Provoquem* as tradições;
Em vida não tiveram c'roas
Bocage nem Camões!

Deem ao mundo *maçada*
Assistam dele a festa,
Siga — *o carro avante*
Com *dégagé da floresta*!

*25 de setembro de 1880*

## *Nênia — a sentidíssima morte de Raymundo Marcos Cordeiro*

*À inconsolável esposa — extremosa mãe — irmãos saudosos e inocentes filhinhos — ofereço como tributo de saudade imensa*

*Nunca mais vereis chorosos olhos,
Nunca mais o vereis entre os amores!*

Onde estais? onde foste? Onde te escondes,
Amigo, esposo, filho, pai, irmãos?
Tu dormes solitário, e embalado
Do lúgubre cipreste, ao triste [s]om!?...

Cismador, que deixaste lacrimosa,
A musa inspiradora, sacra e bela;
Do antro dessa campa silenciosa,
Arcanos desse sono, nos revela.

Geme-os nas cordas de tua harpa — à sombra
Da triste casuarina... aí sim, num canto
Mistura esses da campa, sons plangentes,
Com a dor, que nos arranca, infindo pranto.

Co'a dor, co'a mágoa eterna, co'a saudade
Da mãe querida, que te busca em vão!
Nas dúlias cordas, gemedoras — lenta
Manda-lhe à alma tétrica canção.

Junto ao leito da esposa, a horas mortas
Cismador! vem depor teu triste canto!

Vem os filhinhos embalar no berço,
Secar-lhe em beijos da orfandade o pranto

Deixaste a vida de manhã,
Cismador, deixaste a vida!
Deixaste a esposa querida,
Onde foste te asilar?
Peregrino de outros mundos
Cismador, quebraste a lira!
Nesse espaço, o que te inspira?
Por que vás peregrinar?

Soluçam as vagas chorosas,
Nos areais do Cumã;
Geme a palmeira louçã
De verde-negro vestida
Nada fez? É um tributo
Nascido só da afeição;
Tributo de gratidão,
Que te rende enternecida.

Vaga triste, e em passo incerto
A branca lua de prata;
Se nas águas se retrata,
Que merencória não vem!
Em teu cismar quantas vezes!
Ao seu albor tu cantaste!
Quantos enlevos sonhaste,
Dos enlevos que ela tem!

Trovador! Trovador tu te partiste!
E da partida, pesar tu não sentiste?...

Cantor da lua algente do Cumã?
Por que a vida deixaste inda em manhã?...

Descansa à sombra do cipreste, e dorme,
O sono de que alguém despertar ousa!
Não te vá perturbar este gemido;
Nem com prantos ao través da lousa.

Vele-te a campa, da saudade o manto,
Embale-te o gemer da casuarina,
E adormeça constante ao som das notas,
Melindrosas, subtis, da harpa divina.

*Guimarães, 31 de agosto de 1881*

## *Uma lágrima — a sentida morte da minha amiga d. Isabel Aurora de Barros Macedo*

*Oferecida a seu extremoso esposo*
*o sr. José Domingues Jesus Macedo*
*e a sua inconsolável irmã d. Matilde*
*Augusta de Barros Cordeiro*

A vaga nasce, empola-se, e na praia,
Beija de leve a areia acetinada,
E volve-se. Ai da vaga!... O turbilhão
Sumiu-a... jaz desfeita!... É tudo nada!
E daquela, que além o mar tragou,
Saudade imensa, e funda nos ficou.

Assim a flor mimosa, a flor nevada,
Qu'o ar embalsamou com seus olores;
Enlevo dos qu'a viam, enlevo d'alma,
Que é de seus perfumes sedutores?
As pétalas varreu-lhe o vento agreste
Atirando-as ao pé do ermo cipreste!

Assim a vida d'ontem como a flor,
Como a vaga sutil hoje esmorece;
A flor varreu-a o vento — a vida foge,
Nos umbrais do sepulcro desfalece!
E aquela que esparzia odor, encanto,
Já não escuta de noss'alma o pranto!...

A vida é fosforescência à beira-mar.
Aquela que foi ontem nossa vida,
Hoje dorme, na campa esmorecida,
Sem alento, sem voz, calor ou luz!
Caiu hirta aos umbrais da eternidade!
Tombou na campa muda, enregelada!
D'amiga, da irmã, da esposa amada,
Que resta?... A lápida e a singela cruz!

Dorme teu sono derradeiro, eterno,
Filha do céu, que à pátria remontaste!
Dorme à sombra da cruz, que tua memória,
As saudades pungentes, que deixaste,
Hão de eterna existir em nossa alma,
Como um mimo de amor, que nos legaste.

*Guimarães, fevereiro de 1885*

# *Prantos*

Se um dia alegre me sorriu a sorte,
Se num transporte o coração bateu;
Porque tão breve, como a flor dum dia,
Minha alegria se finou — morreu!

## *À estremecida Madasinha Serra*

Noutros dias, noutros tempos,
Na primavera da vida,
Eu tive lira querida,
Onde cantei meus amores,
E era empenho adorná-la.
Cada hora, cada dia,
Com palmas de poesia,
Com c'roas de magas flores.

Ah! nessa quadra mimosa,
Em que a existência é sorriso
Em que o mundo é um paraíso.
Em que o viver é ventura:
Eu sonhava — e nos meus sonhos,
A doce lira afinada,
Meigos cantos soluçava,
Repassados de ternura.

Mas após nasceram prantos.
A mágoa, o fundo amargor;
Essas descrenças de amor,
Que o mundo em nada avalia.
E a pobre lira chorosa
A cada ai soluçado,
A cada som magoado,
Mais uma corda partia.

Muito pranto gotejado
Sobre a triste — a emudeceu;

Nem mais um canto gemeu,
Nem mais um ai soluçou:
E mais, e mais se partindo,
E mais, e mais estalando,
Pálida a triste chorando,
Pobre lira!... se finou!

Foi então na mágoa intensa,
Nesse gemer de agonia,
Nessa dor de cada dia:
Que minha harpa encordoei.
Que cordas então lhe pus,
Sonoras, doces, cadentes...
Ao som das notas fluentes,
Novos cantos ensaiei.

De novo a vida volvi,
Meu coração expandiu-se.
Cantei; minha alma sorriu-se
Embriagada de odor.
De manso gemia a brisa,
Em seu girar descuidoso;
Era um sonho venturoso,
Aquele sonho de amor.

Mas, ah! engano!... Era sonho,
Era um sonho mentiroso!
Que despertar doloroso,
Foi esse meu despertar!
Achei-me só neste mundo,
Vaga sombra, errante e triste...
Onde agora o sonho existe?
Onde existe o meu sonhar?

Tomei da vida desgosto,
Caí em funda apatia;
Dessa dor ninguém sabia,
Guardei-a no coração.
Mais uma rosa esfolhada,
Uma página sentida,
No triste livro da vida,
— Uma pálida inscrição.


Mas, vês? no meio do meu céu tão negro,
Surgiu divino teu mimoso rosto;
Sinto amarguras de passadas eras,
Mas, serenaste meu mortal desgosto.

## *Nênia — a sentida morte da menina d. Júlia Sá*

*À sua extremosa família*

Oh! tu filha do céu, visão de amores,
Cândida e pura sedutora virgem,
Na breve vida, no existir das flores,
Colheu-te sôfrega a mortal vertigem!

Que foi? que sopro rijo — álgida aragem,
Estampou-te na fronte albor sem fim?
Que foi — meiga cecém, casta miragem,
Qu'em tal desmaio te prostrou assim?!!...

Por que esse langor? — e esmorecida,
Pende-te a fronte de marfim — gelada?
Tu cismas? ah! desperta, volve à vida,
Não desfaleças, sedutora fada!...

Despe esse palor, palor de morte,
Sacode o manto fúnebre e algente;
Descerra os lábios — num impulso forte,
Ergue-te — e a morte co'um sorrir desmente.

Mas, oh! não volves! não atendes... segues
Oh! noiva do sepulcro! merencória!...
Vai mimosa vestal — sim, tu prossegues,
Casta Susana de que fala a História.

Vai, donzela vai... segue essa senda,
Ao que vive ignota e misteriosa;
Onde a mente atrevida e orgulhosa,
Não penetra, não trilha, não desvenda,

Trajando as vestes de candura — voa,
Espírito sutil busca teu Deus;
Um cântico suave além ressoa;
E mais um anjo penetrou nos Céus.

*Guimarães, 3 de março de 1889*

## *Uma lágrima sobre o túmulo de Manuel Raimundo Ferreira Guterres*

Cidadão prestimoso — cavalheiro,
Altivo, sem orgulho — irmão do pobre:
As cívicas virtudes, que te ornavam
O gelo de sepulcro agora encobre!...

Esposo, filho, irmão, pai extremoso,
E amigo desvelado... Onde se oculta?
Onde se esconde? no sudário álgido!
Da campa!... Oh! quanta dor minh'alma enluta,

Inerte dormes silencioso, alheio,
A tanto pranto da saudade filho!...
Ah! tu seguiste, sem pavor — medonho,
Da morte fria — o tenebroso trilho!!!...

Tributo inevitável! Sorte amara!
Morrer!... Ah! quanta dor! quanta amargura,
Um vulto ingente, e nobre a todos caro,
Baixar inerte a fria sepultura!!!...

Ah, por que o não poupaste, oh! cruel!
Ao pai — amigo ao cidadão ingente,
Ao exímio patriota, o irmão do povo,
Golpe tão agro, golpe tão pungente!!!...

As lágrimas me embargam a voz... Descansa.
Corra em silêncio meu sentido pranto;
Simbolize ele a c'roa que te of'rece,
Quem não sabe gemer na lira um canto!

# Salve!

*A digna Sociedade Artística Beneficente da vila de Guimarães*

Salve! oh sociedade! Eu te saúdo!
Mãe do progresso — do trabalho filha!
Elo sublime que estreita e prende
O rico — ao pobre, que a virtude trilha!

Eu te saúdo! No correr dos anos
As porvindouras gerações dirão:
O progresso Ela trouxe — dela emana
A moral — e o progresso — a instrução.

Eia prossegue... teu caminho é vasto!
Trabalha sempre em afanosa lida,
É nobre, é edificante essa tarefa,
Eleva, dá vigor, anima a vida.

Avante! avante... não trepides nunca:
Firam-te embora abrolhos no caminho;
É sempre assim difícil colher flores,
Sem sentir lancinante, agudo espinho.

E no extremo da senda hoje encetada,
Como estrela polar te acena a glória
Uma nítida página, uma epopeia
Em letras d'ouro te dará a história.

Salve oh sociedade! Eu te saúdo,
Mãe do progresso... do trabalho filha!
Elo sublime que encandeia e prende,
O rico — ao pobre que a virtude trilha!

*2 de julho de 1900*

## *À exma. sra. d. Ana Esmeralda M. Sá*

Mais um dia feliz, mais uma página
No livro da existência, hoje volveste,
Um passo te levou dum estado a outro,
E esse passo com estoicismo o deste.

Ontem, teu sorriso era das brisas
Que passam brandas sobre a relva em flor,
Ontem, menina descuidosa e bela,
Hoje, esposa feliz, mimo de amor.

Deixaste ontem o lar paterno — o ninho
Onde nos dias infantis folgaste:
Hoje, não cismas — Já não sonhas — crês.
Porque um novo cenário desvendaste.

Hoje segues um trilho amenizado,
Onde viceja delicada flor,
Cultiva-a sempre com ternura e encanto;
Tipo serás de conjugal amor.

Cultiva as flores — que a fragrância delas
Será perene qual o teu sorriso.
Por entre flores deslizando a vida,
Essa vida será um paraíso.

## *Um brinde à noiva*

Eu vou brindar-te, sedutora virgem,
Visão de amores que adejas na terra,
Sonho de vate — de poeta lira,
Âmbula d'ouro que a moral encerra.

Quero brindar-te... Engrinaldei a lira,
Que tanto há já, que não modula um canto;
Que só cismando amargurados transes,
Emudeceu de soluçado pranto.

Porém agora que o meu ser agita
Comoção de prazer imenso e belo,
Quero exprimir-te — fraca embora a voz,
O que sente minh'alma, o que hoje anelo.

Anelo-te um porvir todo enastrado
De rosas sem espinhos — diva flor,
Céu de nuvens varrido — senda clara;
A vida deslizada, a par do amor.

E que trenos sagrados d'harpas santas,
Ao lar te sigam com seus dúlios cantos
E que abençoes, com o sorriso nos lábios,
Tanta ventura — esse viver de encantos.

Se acolhes, jovem, desta amiga os votos,
Deixa unir o meu peito, ao peito teu;
Fui tua preceptora — amei-te sempre;
Eis o que sinto, eis o brinde meu.

*21 de julho de 1900*

## Ao digníssimo colega o sr. Policarpo Lopes Teixeira

*No dia 30 de abril — por ocasião dos exames da aula Sotero — oferece*

Vós filho do progresso, Avante! avante!
Não desmintais o brio brasileiro,
Qualquer que seja a senda a percorrer,
Será sempre a instrução vosso luzeiro.

Sempre essa estrela vos será benigna,
Trilheis embora a custo agros caminhos;
Ela sempre esplendente, e vós com fé,
Sabereis evitar, mortais espinhos.

Prossegui! Essa luz nos vem de Deus,
É sublime, é divina, é a redenção;
Vossos direitos sacros vos aponta,
Vos eleva, e enobrece, é a Instrução.

E vós preceptor distinto, e nobre,
E digno de nossa eterna gratidão;
Aceitai neste dia memorável,
Sincera, e merecida essa ovação.

Sim. Guimarães saúda-vos unânime.
O digno preceptor da mocidade!
Aquele que guiando nossos filhos,
Lhes mostra Dever — Pátria e Liberdade!

## *Poesia recitada por ocasião das bodas do sr. Eduardo Ubaldino Marques*

*Cumprimentos à minha querida Dolores*

Tíbia a voz, fraco o cérebro pelos anos,
Filha querida, que te posso dar?
Somente o trilho que encetar começas
Quero de flores níveas enastrar.

Mais uma página, na risonha vida,
No livro da existência hoje volveste,
Um passo te levou de um estado a outro,
Esse passo com estoicismo deste.

Ontem o teu sorrir era o das brisas,
Que beijam, meigas, branda relva em flor;
Hoje, esposa carinhosa e santa,
Tipo serás do conjugal amor.

Deixaste ontem o lar paterno, o ninho
Onde nos dias infantis folgaste;
Hoje, não cismas, já não sonhas, crês,
Porque novo cenário desvendaste.

Agora vais seguir um outro trilho;
Nele há também flores, há ventura,
Mas essas flores pedem o teu cultivo,
Carícias, teu amor, tua ternura.

Faço votos por ti para ver sempre
Dos lábios te escapar ledo sorriso:
Caminha afouta nessa nova senda
E a vida te será um paraíso.

*20 de fevereiro de 1908*

POSFÁCIO

# A poesia romântica de Maria Firmina dos Reis

JULIANO CARRUPT DO NASCIMENTO

Maria Firmina dos Reis (1825-1917) produziu seus poemas no quadro social em que não apenas a arte poética era privilégio dos homens. Em meados do século XIX no Maranhão, quando até mesmo a educação letrada era rara entre as mulheres — e ainda mais entre mulheres negras —, disputou e conquistou lugar para sua poesia na imprensa maranhense, o que distinguirá, de maneira histórica, a singularidade de sua voz em meio ao romantismo vigente, marcado pela sentimentalidade, pelo individualismo, pelas críticas à cultura burguesa repletas de lamúria e tédio, que se projetam a partir de dramas pessoais, como a melancolia de quem se afasta de um passado fantasioso.

Maria Firmina dos Reis escreveu poemas que refletiram os temas comuns para a estética romântica, como a religiosidade, a solidão, a integração do ser humano com a natureza, seu refúgio; dedicou versos a amigos, exaltou a própria pátria. Sua inspiração mergulhou profundamente no modo de escrever romântico, nas variações de versos e estrofes, criando poemas reveladores das características do romantismo escritos por mãos de mulher, o que, por si só, já tensionava o lugar que os poetas românticos — e não apenas eles — haviam reservado às mulheres, como musas de seus poemas.

O romantismo teve vozes muito diversas no Brasil, desde Gonçalves Dias (1823-1864) até Castro Alves (1847-1871), de Álvares de Azevedo (1831-1852) a Casimiro de Abreu (1839-1860), mas tal diversidade nunca foi muito além das temáticas e soluções formais encontradas por esses poetas, porque o lugar social deles pouco se diferenciava. Por mais que tratassem dos indígenas e dos escravizados, das mulheres e dos trabalhadores pobres, como o fez em especial Fagundes Varela (1841-1875), os mais consagrados poetas românticos não falavam dessas realidades como quem as vivesse, mas apenas como quem as observava de fora. Não são os próprios indígenas, escravizados, mulheres ou pobres que falam nos grandes poemas românticos — alguém fala *sobre eles*.

A grande exceção talvez seja Luís Gama (1830-1882), poeta e advogado negro, que há um pouco mais de tempo tem sido destacado entre os poetas românticos (em estudos como *O romantismo no Brasil*, de Antonio Candido, de 1990). Mas o fato é que as diversas gerações do romantismo no Brasil parecem não ter lugar para uma poeta como Maria Firmina dos Reis, que viveu *por dentro* a realidade opressiva de ser mulher, negra, descendente dos escravizados num país escravagista e patriarcal. Isso explica o fato de sua obra só ganhar visibilidade no final do século XX, ainda que tenha produzido e aparecido bastante na imprensa e nos círculos literários de seu tempo, em sua "província do norte", como ela gostava de designar São Luís do Maranhão. Mesmo que sua obra, em prosa e verso, reúna todas as características propícias a ilustrar didaticamente a estética romântica, assim como as das também românticas Rita Barém (1840-1868) e Narcisa Amália (1852-1924), é ainda raro e bem recente encontrá-las elencadas e estudadas entre os grandes autores do período nos livros de história e crítica literárias.

*Sorrisos e prantos* (1868), de Rita Barém, *Nebulosas* (1872), de Narcisa Amália, e toda a obra de Maria Firmina dos Reis apresentam-se como provas inquestionáveis de que no romantismo brasileiro houve também decisiva produção feminina, com atuação na imprensa e publicação de livros que não poderiam ser negligenciadas para contar a verdadeira história literária brasileira do século XIX. Compreender o romantismo, entre nós, exige abranger as obras dessas mulheres que, em grande medida, permaneceram esquecidas até recentemente, negligenciando, assim, parte fundamental da produção literária do período, mas também fazendo calar as vozes realmente diversas.

"Uma tarde no Cumã" é um dos poemas em que a estética romântica aparece de modo mais exemplar na obra de Maria Firmina dos Reis. Nele encontramos a evasão, o culto à natureza, a escolha vocabular, a forma da versificação e da estrutura de rimas, as marcas típicas da poesia romântica diante da paisagem vista por "uma maranhense".

A descrição da natureza harmonizada ao universo sentimental traz a ideia de que a artista romântica se empenha em ligar-se aos elementos naturais de maneira não somente poética, mas também sendo parte da natureza, sua fonte de energia para a pulsão da vida, já que a existência sentimental é pesado fado. A sublimação, tão própria da arte romântica, consiste na salvação da poeta, salvação pela arte, cuja essência acontece na harmonia do ser humano junto aos elementos relacionados ao mar, como já indica o título *Cantos à beira-mar*. O escape evasivo é o modo pelo qual Maria Firmina dos Reis interage com o padrão de poesia romântica, porque, ao mergulhar na composição natural, a artista funde-se ao mundo, não apenas como quem contempla a paisagem marítima e inspirada produz poema, mas como ser humano buscando evasão, a partir do ponto de referência que se constitui como Cosmos, transformando os delírios românticos em maneira de sublimar a vida.

O refúgio no espaço de praia possui a consistência poética de esclarecer a consciência humana no mundo, porque a vida social sufoca o sentimento que impulsiona a artista a escrever e a viver. A companhia poética se faz na integração com o mar, harmonizando-se a ele toda a intensidade do mundo interior materializada na palavra, que é a manifestação da consciência criadora a buscar sua amplificação no comparar a vida interior com o que há de vasto no mundo: o mar. O sentido de procurar na natureza o abrigo para a existência e a elaboração poética acontece na poesia não simplesmente ao modo de arte, mas para atribuir significado à vida. Daí o sentimentalismo de Firmina ser a contemplação concluída em modo de viver, traçando seus versos na qualidade artística da descrição do ambiente onde se vive: na paisagem maranhense!

A imaginação criadora de Maria Firmina assume poeticamente o presente como lugar a ser vivido, o tempo se deflagra na condição de momento único, exclusivo, próprio para ser tema de poema. O cenário marítimo e a sentimentalidade são caracteres que formam o canto uníssono, onde o ser e a natureza se coadunam, fazendo que o leitor conheça tanto as dimensões humanas que compõem a individualidade artística quanto o ambiente de que se serve a artista para a contemplação poética in natura e para o conhecimento da paisagem natural maranhense, suas nuances e tons específicos, no "Cumã". A força do poema reside nas acentuações de rima, na seleção vocabular, nas combinações entre o segundo e o quarto verso de cada estrofe. Toda a composição do poema alcança o sublime da arte romântica, quando a artista se funde com a natureza, para construir sua obra e para dar sentido à sua própria existência.

Outra característica da arte romântica, a rememoração do passado, está presente no poema "Recordação", em que a poeta apresenta seu tempo como o tempo de solidão, em que nem a natureza lhe faz companhia. Diferentemente de "Uma tarde no Cumã", "Recordação" se estabelece como poema romântico a partir do retorno ao tempo que passou, ao tempo quando a felicidade existia, demonstrando que Maria Firmina, na condição de boa artista romântica, fazia do passado o seu lugar sublime, cujo tempo é a força da experiência vivida, dada a solidão do tempo presente. Solidão e retorno ao passado são aspectos típicos da poesia romântica, lugar do desapego e perdição do presente, que é o tempo da angústia, da desilusão. Apenas rememorando os dias felizes que passaram pode a artista ser feliz, encontrar-se com sua própria memória, no jugo romântico do individualismo que resgata de si mesmo a satisfação em viver, não por aspectos materiais, mas por sentimentos revelados no poema. A vocação para valorizar o passado é fundamento do fazer poético romântico, sendo o tempo que passou o lugar da felicidade. É característica do romantismo o senso primordial da vida consistente na experiência vivida, o valor do momento presente é a feitura do poema e a experiência de solidão. O tempo presente, em "Recordação", acontece apenas no fazer do poema, pois a arte é a verdadeira companhia de Firmina, é a sua fortaleza e expansão de seu eu para o mundo, que não é puramente natural, mas escrito.

A apreensão do tempo na poesia de Maria Firmina dos Reis possui o rastro de seu estado de espírito, uma vez que no passado expresso em seus versos há o momento da felicidade, enquanto no tempo presente, geralmente, há a expressão do ser solitário, cuja companhia se restringe aos elementos próprios da natureza. A marcação temporal que aparece em seus poemas delimita os seus sentimentos e pensamentos diante da vida e da realidade, cujos princípios se estabelecem de acordo com a alma da artista. É a pulsão interna que rege os poemas de Firmina, pois mesmo em versos de tema nacionalista, como aqueles sobre a Guerra do Paraguai, há a constituição do mundo interior da artista, que num tempo presente exalta a glória passada. A glória em Firmina, mesmo em poemas estritamente pessoais, acontece sempre no passado, o tempo já realizado é o seu momento de felicidade, enquanto no presente existe sempre a angústia, o tédio, o peso enfadonho típico do romantismo. O tempo presente é a hora da reflexão, cujo ponto de alívio é a sua projeção na natureza.

O romantismo proporcionou à poesia a estética dos sentimentos, lugar onde o indivíduo se expressa de modo fantasioso, ao dar à sua individualidade o contorno das emoções, a ponto de modelar sua alma, conforme a natureza. Nesse quadro, a paisagem do mar, do céu, das flores interage com a fantasia da artista. Maria Firmina dos Reis, em seu livro *Cantos à beira-mar*, expressa sua condição humana, no estilo romântico. Seus poemas manifestam imagens plenas de sentimentalidade, no diálogo do eu com o mundo natural e cultural. Tal característica confere à artista a vocação de alinhar sua verve poética ao culto à natureza, ao mesmo tempo que expõe, poeticamente, sua voz de mulher, no âmbito determinado pelo patriarcado, em "Ah! não posso!":

> Se uma frase se pudesse
> Do meu peito destacar;
> Uma frase misteriosa
> Como o gemido do mar,
> Em noite erma, e saudosa,
> Do meigo, e doce luar;
>
> Ah! Se pudesse!... mas muda
> Sou, por lei, que me impõe Deus!
> Essa frase maga encerra,
> Resume os afetos meus;
> Exprime o gozo dos anjos,
> Extremos puros dos céus.
>
> Entretanto, ela é meu sonho,
> Meu ideal inda é ela;
> Menos a vida eu amara
> Embora fosse ela bela,
> Como rubro diamante,
> Sob finíssima tela.
>
> Se dizê-la é meu empenho,
> Reprimi-la é meu dever:
> Se se escapar dos meus lábios,
> Oh! Deus — fazei-me morrer!

Que eu pronunciando-a não posso
Mais — sobre a terra viver.

"Ah! não posso!" é poema cujo conteúdo faz transparecer, precisamente, o dilema da fala feminina em uma sociedade patriarcal, porque se constitui de reflexão sobre o dizer e o não dizer, uma vez que a autora expõe o seu não lugar de fala, a partir da poesia. Poema singular, pois, falando, Maria Firmina dos Reis diz que "não pode dizer", assim a arte de fazer verso se torna o veículo do pensamento crítico da autora, no que toca na questão da invisibilidade feminina, as restrições à sua fala, o silenciamento de seu ser social. De modo dialético, o poema realiza a reflexão do não dito, dizendo! Poeticamente se diz aquilo que comumente não se diria, pois a proibição cultural torna a voz da mulher interditada, no entanto a poesia proporciona à mulher a sua própria revelação, no mundo.

"Ah! não posso!" é de maneira muito sutil a transgressão de quem existe para viver em silêncio, mas através da poesia expressa o problema da limitação do verbo, pois a mulher do século XIX se expressar em espaço público — como na arte, no poema — era praticamente impossível, assim o poema se consagra como a quebra de barreira cultural, uma vez que nele a artista fala que não pode falar. Essa ruptura com o senso comum da época de que mulher não deve ter voz na sociedade, apenas na intimidade, faz com que Maria Firmina seja transgressora dos valores preconceituosos e limitadores de seu tempo, pois "Ah! não posso!" provoca o pensamento sobre aquilo que se pode e não se pode dizer, traz a fala da mulher para o lugar da não proibição ao dizer sobre aquilo que é proibido: a mulher falar publicamente!

Maria Firmina dos Reis questiona o silêncio imposto às mulheres pela cultura patriarcal, ou seja: a não expressão da mulher, a sua proibição em dizer, que se reflete na sociedade a partir de locais estabelecidos para a voz masculina, como o estilo romântico. Tal poema se apresenta, no campo da lírica produzida no Brasil, como antítese das mulheres fantasiadas por poetas como Álvares de Azevedo:

Pálida, à luz da lâmpada sombria,
Sobre o leito de flores reclinada,
Como a lua por noite embalsamada,
Entre as nuvens do amor ela dormia.

E Casimiro de Abreu:

Falo a ti — doce virgem dos meus sonhos,
Visão dourada dum cismar tão puro,
Que sorrias por noites de vigília
Entre as rosas gentis do meu futuro.

Entre as estrofes de Álvares de Azevedo e Casimiro de Abreu, somadas ao poema de Maria Firmina dos Reis, há claramente, por meio da poesia, a construção artística do ser feminino, ora pela mão de homens do século XIX, ora pela voz da própria mulher. Neles a mulher descrita é pálida, virgem; nela, alguém que deseja a expressão, mas que, culturalmente, deve por obrigação calar-se. Assim o fazer poético de Maria Firmina dos Reis se impõe de modo a manifestar a situação do silêncio feminino, questionando-o, em face das descrições sentimentais escritas pelos românticos poetas. Tal fato abala radicalmente os sistemas culturais que ainda permanecem na sociedade brasileira, como o machismo. Ao questionar a voz que deve se manter em silêncio, no caso a sua própria voz, Maria Firmina antecipa o grito feminino por um lugar de fala, de presença, reivindica o seu dizer sobre si mesma, mostrando artisticamente o que a mulher pensa sobre sua própria voz, no campo do patriarcado, que é dado na cultura brasileira e também na poesia, como reflexo da realidade cultural vivida por homens e mulheres ao longo dos séculos.

O dizer feminino sobre si problematiza as imagens de mulher construídas por poetas canônicos, pois quando Maria Firmina dos Reis expõe sua visão sobre a produção de poemas, cujo tema consiste no lugar da fala feminina na cultura brasileira, ela produz imagem diversa, acerca do feminino, em relação a Álvares de Azevedo e Casimiro de Abreu. Na poética desses dois autores a mulher surge como fantasia, figura estritamente artística, de molde social equivalente às regras da cultura, que, no século XIX, determinava que as virgens, as pálidas, as mulheres das nuvens e flores eram, na verdade, o foco maior da lírica romântica. A poeta maranhense rompe com os estereótipos românticos de que ao feminino resta a beleza e a pureza para a sua existência social. Maria Firmina não apenas constitui voz feminina como também estabelece que a mulher não é apenas o objeto central da fantasia masculina, mas ela se faz como sujeito da fala e do desejo, deixando literariamente de ser apenas objeto na literatura, mas criadora; sujeito que, a partir do poema, fala!

Muito se leu sobre as imagens do desejo masculino na literatura romântica do século XIX; em contrapartida, com coexistência e comunhão estética, há em Firmina o sujeito que deseja e declara abertamente o seu "tesão", fato que torna a mulher emissora do desejo, bem diferente das "mulheres ideais" produzidas pelas mãos masculinas. No poema "Confissão", por exemplo, a artista maranhense revela sua maneira ativa, nas relações amorosas, deixando ver a mulher que deseja, ao contrário das figuras femininas expressas em poetas consagrados. Claramente se projeta sobre o leitor a mulher em seu papel de sujeito do desejo, tornando o homem seu objeto desejado.

As condições humanas com que Maria Firmina expressa o seu desejo consistem na revelação literária do imaginário feminino, em relação aos homens, em relação à encarnação do amor que escapa às configurações da literatura tradicional, porque, em pleno século XIX, o dizer feminino acerca de suas próprias vontades era determinado pelo forte moralismo patriarcal que, inclusive, impregna a fala poética firminiana, considerando que o romantismo, na sua condição estética, constitui-se como fenômeno criado e exercido por homens europeus, cuja vocação artística chega ao Brasil, via Portugal, por volta dos anos 1830. A inserção da mulher na arte romântica se deflagra na obra lírica da autora maranhense, fato que pressupõe o seu conhecimento sobre a ética da poesia romântica, consistente no derramar-se, emocionalmente, sobre o mundo, tendo o individualismo como fonte criadora que insere a artista na produção das Letras, ao mesmo tempo que transforma a realidade do mundo em um painel visto, exclusivamente, pelo *eu*.

A fala de si mesma, apesar de ser ato individual, torna visível o imaginário feminino dado pela própria mulher, apresenta a sua visão de mundo, segundo sua experiência com a vida representada na arte. A poesia no Brasil passa a ter a perspectiva feminina, como manifestação original, dentro dos parâmetros da estética romântica; no entanto, sem ter apenas a visão masculina dada na poesia, pois o universo da mulher também se torna visível, a partir da prática poética, de seus desdobramentos artísticos, como expressão individual que ressoa a tradição do romantismo no Mundo Novo. A voz da poesia é universal e transparece a localização da mulher na sociedade, quando ela fala de si mesma, no potente dizer em que deixa de ser objeto masculino e se torna sujeito, a partir do verbo.

A poesia de Maria Firmina dos Reis resplandece a condição social feminina, na medida em que traz consigo as nuances da vida, via poemas. Pois situação já canonizada na literatura é a visão masculina que fantasia o feminino, como se a mulher fosse apenas passividade. Quando autoras produzem poemas, a perspectiva se torna crítica, pelo fato de que o objeto fantasiado passa a ser sujeito que fala. Tal fenômeno não é exclusivo da obra de Maria Firmina dos Reis, e também de autoras que, como ela, escreveram poemas no século XIX, como nas estrofes da peça "Sina de mulher", de Rita Barém:

> Pobre mulher! A poesia
> Nos teus afetos não morre;
> Às vezes no céu lhe corre,
> Pálida nuvem... coitada
> Mas a fragrância conserva
> Que no seu peito bebera,
> Doce e loura primavera
> D'inocências orvalhada.

Nas minhas crenças mimosas,
Nos meus sonhos de donzela,
Eu cria eterna a capela
Que c'roava aquele amor!
Qu'esplendores te pousavam
Na fronte fúlgida aurora,
Poucas pérolas agora
Me restam do teu fulgor.

Ou como nas estrofes do poema "Porque sou forte", de Narcisa Amália, que usou a arte poética para pensar sobre divórcio, chegando a escrever esses versos que manifestam a fortaleza feminina, muito rara ou não encontrada em poetas como Casimiro de Abreu e Álvares de Azevedo:

E toda assombro, toda amor, confesso,
O limiar desse país bendito
Cruzo — aguardam-me as festas do infinito!
O horror da vida, deslumbrada, esqueço!

É que há lá dentro vales, céus, alturas,
Que o olhar do mundo não macula, a terna
Lua, flores, queridas criaturas,

E soa em cada moita, em cada gruta,
A sinfonia da paixão eterna!...
— E eis-me de novo forte para a luta.

A escrita poética realizada por mulheres do século XIX traz consigo não apenas a imaginação criadora, mas também aspectos sociais muito importantes ligados às manifestações da cultura que norteavam a vida naquele tempo. O imaginário de homens e mulheres que se desdobraram em produtores de poemas revela aspectos culturais que fazem parte da cultura humana, do universo íntimo que se alastra para a sociedade, de modo manifesto ou escondido, como o amor. Amar de maneira intensa, a virgindade, os papéis destinados ao feminino, as buscas masculinas de conquista são questões próprias dos sentidos da arte e também do imaginar a vida naquele tempo. A união, o relacionamento amoroso, o desejo são elementos que impulsionam a poesia daquele período, fazem parte da construção de um país, da história de pessoas que escreviam, que liam. O sentimento amoroso não é apenas algo do coração, da alma, mas o contorno concreto do modo como artistas e leitores vislumbravam o mundo, tratavam do conhecimento sobre questões íntimas que se materializavam na arte poética.

A poesia também é conhecimento, conhecimento não apenas estético, mas do campo simbólico da construção humana que se expande de maneira artística para a sociedade, por meio da criação e da leitura de poemas. Leitores do século XXI podem muito bem conhecer o imaginário artístico do século XIX a partir da leitura de autoras como Maria Firmina dos Reis, podem não apenas alcançar o imaginário feminino de sua poesia, mas também compreender o jogo da linguagem imposto a homens e mulheres no que toca ao amor. A universalidade do amor não se limita ao tempo, porém permanece na cristalização da arte, na sua perpetuação a partir de publicações e republicações. A poesia não é apenas a criação de poemas, mas também o fazer conhecer aquilo que é dito no poema. Assim, a obra poética de Maria Firmina dos Reis revela o imaginário humano, que transcende o ponto de vista seja feminino ou masculino, revelando a humanidade expressa em determinado período do passado. A voz da mulher que publicou livro de poemas em 1871 se perpetua como artista, que elaborava os seus versos segundo o primado da estética romântica.

O amor como afirmação de vida, como pulsão existencial também tem seu ponto de negação, que é o sofrimento. A vigência do sofrer se estabelece na frustração. A humanidade grita por socorro a partir da arte romântica, clama por abrigo na natureza, mas faz da morte o seu cume de sublimação. A morte não é somente a falência orgânica do corpo, mas a negação do próprio amor. Sendo o amor o tema universal da recorrência romântica, a sua negação é acontecimento radical entre os artistas do século XIX que elaboraram poemas, em sua maioria, amorosos. Negar que ama consiste na radicalidade da confusão sentimental do ser humano, ainda mais quando surge no século XIX, seguindo princípios específicos do romantismo, como escola literária. Tal fenômeno aparece em Maria Firmina dos Reis, por exemplo, no poema "Não quero amar mais ninguém".

A religiosidade consiste em aspecto do poema romântico, pois, assim como a natureza, Deus, na condição de criador, é referência maior para a artista, uma vez que poeta também cria e tem sua criação, o poema. A conexão com Deus não acontece em termos tradicionais de igreja, mas como o Ser Supremo, que se assemelha à alma humana e à natureza, que são suas criaturas criadas, e ao poeta, a criatura que cria. Assim, o amor humano, ligado à carne, e a projeção à outra pessoa não passam de sofrimento, pois o amor que não faz sofrer por não fazer mal ao espírito, ao corpo, é apenas o amor dedicado ao Ser Supremo. Maria Firmina dos Reis foge da matéria projetando-se ao Divino, como refrigério de sua alma e também como devoção poética para a própria poesia, configurado em poema litúrgico, sem que seja tradicionalmente canto de igreja.

A devoção não se enquadra no mero rito religioso, mas no clamor artístico que visa libertação a partir da arte, a poesia é a manifestação humana que busca a integração com Deus, com o Criador de todos os seres, como fonte de entrega, que não magoa, tal como é o amor sofredor de quando o humano se projeta em si mesmo e nas coisas criadas, cujo nome geral é natureza. A criação poética é manifestação religiosa, como regra de arte e escape do mundo material onde impera o sofrimento. Quando a sublimação não sintetiza a vida no seu fim que é a morte, Maria Firmina se projeta em algo Supremo, em que na visão da autora só existe o bem. Assim, a ideia de arte como refúgio acontece na busca de integração com o Ser Supremo, interlocutor maior da obra poética de Maria Firmina dos Reis, cujo antagonista é o próprio leitor de poemas, que Firmina evoca em "Quereis", tendo o pronome pessoal "vós" como materialização do leitor, tão presente nos poemas da maranhense. A humanidade é sofredora, a natureza refúgio, mas a salvação está apenas em Deus, o Deus de Firmina, manifesto em sua arte, que faz dela uma religiosa romântica do século XIX, sem qualquer resquício de rebanho de igreja, uma vez que seu diálogo com o Criador se dá apenas entre ela e Ele, sendo o leitor apenas espectador do mundo, como ela: criatura criada.

Como afirma Afrânio Coutinho, "em vez da razão, é a fé que comanda o espírito romântico. Não é o pão somente que satisfaz o romântico; idealista, aspirando a outro mundo, acredita no espírito e na sua capacidade de reformar o mundo. Valoriza a faculdade mística e a intuição" (*A literatura no Brasil: era romântica*).

A fugacidade das relações humanas, o senso evasivo diante do mundo, a projeção ao divino na condição de manter firme a existência e o culto à natureza como compensação e companhia para a vida são estabelecimentos poéticos que procedem da poesia de Maria Firmina dos Reis e consagram-na poeta romântica. Sua estética abrange as características do romantismo no Brasil, com suas nuances individualistas e o senso de arte coletiva, já que há muitos poemas dedicados a amigos e amigas. Sua visão de mundo se impõe, em *Cantos à beira-mar*, como a perspectiva de mulher artista, buscando a expressão de seu universo interior, tendo como base a vocação inspiradora para temas como a solidão, o amor, a exaltação da natureza, o projetar-se ao Ser Supremo, como fugas de um mundo onde reina o sofrimento. A obra de Maria Firmina dos Reis é a revelação de voz feminina que em pleno século XIX busca a felicidade, a satisfação em viver.

A realização poética de Firmina consiste em busca pela felicidade, todo o seu reclame existencial é a identificação de alguma falta que é preenchida pela criação poética, cuja projeção em Deus, na natureza, nos amigos, diminui o fado de existir e não apenas torna a vida artisticamente mais leve, como também torna mais leve a compreensão da realidade. Fazer poemas, publicar versos na imprensa, juntar os escritos e produzir um livro foram atividades que construíram o momento glorioso para Firmina, porque ali ela deixou o seu ser de humanidade, com todas as suas tristezas e alegrias, consolidando para ela mesma, artista romântica, a glória e a esperança de ser lida. A arte da literatura aconteceu como salvação para aquela mulher maranhense, pois foi na poesia que sua expressão concretizou a humanidade de uma mulher solitária, embora rodeada de filhos adotivos, alunos, pessoas com as quais ela convivia.

Os poemas de Maria Firmina dos Reis se inserem no campo romântico porque são frutos da expressão emotiva e a partir dessa emissão formam o prisma para a realidade, sua arte de escrever versos possui a simplicidade da artista sentimental, cuja profundidade é o seu universo interior, que organiza o mundo de acordo com a sua própria visão. O romantismo é a estética do devaneio, pois a partir dos sonhos, das ilusões, vai-se tecendo a concretude da sociedade; o individualismo contém em si parâmetros sociais, modos vividos em grupo, o senso coletivo sintetizado em obra extremamente passional. A escritora maranhense conseguiu a façanha de ser ela mesma, enquanto pessoa e artista, fundando em sua própria obra discussões que permanecem até os dias atuais na sociedade brasileira, sobre a voz da mulher na literatura, na condição de autora e não apenas de personagem ou tema universal e mais constante em poesia.

Ao dedicar *Cantos à beira-mar* à sua mãe, Maria Firmina dos Reis acenou de longe, muito longe para o reconhecimento que sua obra poderia vir a ter, "na minha província, ou fora dela", e que seria uma "oferenda sagrada" para sua mãe, responsável pelo seu letramento e pela sua paixão pela literatura. Hoje, às vésperas do bicentenário de seu nascimento, quando sua voz voa e ecoa bem longe das tristes praias em que se forjou, a grande poeta maranhense é quem diz às novas gerações: "Canta!".

# Fontes utilizadas

Para estabelecimento dos poemas de *Cantos à beira-mar* (1871) foi utilizada a edição fac-similar de 1976, publicada por José Nascimento Morais Filho, em São Luís. Para os demais textos, foi feito o cotejo com as publicações originais, de acordo com a lista abaixo. Na impossibilidade de ter acesso a algum dos jornais da época, tomamos como referência a obra de Nascimento Morais Filho, *Maria Firmina: fragmentos de uma vida*, de 1975.

## OUTROS POEMAS

1) "Poesias oferecidas à minha extremosa amiga a exma. sra. d. Teresa de Jesus Cabral por ocasião da sentidíssima morte de seu inocente filho Leocádio Ferreira de Sousa", *A Imprensa*, 19 dez. 1860.

2) "Oferecidos à exma. sra. d. Teresa Francisca Ferreira de Jesus", *Publicador Maranhense*, 12 mar. 1861. Poema republicado no periódico *A Verdadeira Marmota*, em 19 ago. 1861, com o título "Uma hora na vida".

3) "Minha vida", *A Verdadeira Marmota*, 13 maio 1861.

4) "Por ver-te", *A Verdadeira Marmota*, 20 maio 1861.

5) "A uns olhos", *A Verdadeira Marmota*, 27 maio 1861. Poema republicado em *Cantos à beira-mar* (1871) com pequenas alterações.

6) "Não me ames mais", *A Verdadeira Marmota*, 26 ago. 1861.

7) "Saudades", *A Verdadeira Marmota*, 3 set. 1861.

8) "A constância", *A Verdadeira Marmota*, 9 set. 1861.

9) "Dedicação", *A Verdadeira Marmota*, 20 set. 1861.

10) "Ao amanhecer e o pôr do sol", *O Jardim das Maranhenses*, 20 set. 1861.

11) "A vida", *O Jardim das Maranhenses*, 30 set. 1861.

12) "Não me acreditas!", *O Jardim das Maranhenses*, 13 out. 1861.

13) "Meditação" [prosa poética], *O Jardim das Maranhenses*, 25 nov. 1861.

14) "Amor perfeito", *A Verdadeira Marmota*, 6 abr. 1862.

15) "Elvira — romance contemporâneo", *A Verdadeira Marmota*, 26 fev., 2 mar., 10 mar. e 17 mar. 1862.

16) "Hosana", *Eco da Juventude*, 15 jan. 1865. Poema republicado em *Cantos à beira-mar* (1871) com pequenas alterações.

17) "T...", *Eco da Juventude*, 29 jan. 1865.

18) "O canto do tupi", *Eco da Juventude*, 3 fev. 1865.

19) "À minha amiga Terezinha de Jesus", *Álbum* [diário da autora], 19 nov. 1865.

20) "Meditação", *Semanário Maranhense*, 3 nov. 1867. Posteriormente, este poema foi publicado em *Cantos à beira-mar* (1871) sem a epígrafe e dedicado à sua irmã, com pequenas alterações.

21) "[Em vão te estende desolada amante]", *Almanaque de Lembranças Brasileiras*, 1868.

22) "A ventura", *Almanaque de Lembranças Brasileiras*, 1868.

23) "Um artigo das minhas impressões de viagem", *O Domingo*, 1º e 8 set. 1872.

24) "O menino sem ossos", *O País*, 3 out. 1880.

25) "Nênia — a sentidíssima morte de Raymundo Marcos Cordeiro", *O País*, 7 set. 1881.

26) "Uma lágrima — a sentida morte da minha amiga d. Isabel Aurora de Barros Macedo", *O País*, 17 mar. 1885.

27) "Prantos", *Pacotilha*, 7 maio 1885.

28) "À estremecida Madasinha Serra", *Revista Maranhense*, ano 1, n. 2, out. 1887.

29) "Nênia — a sentidíssima morte da menina d. Júlia Sá", *Diário do Maranhão*, 28 mar. 1889.

30) "Uma lágrima sobre o túmulo de Manuel Raimundo Ferreira Guterres", *Pacotilha*, 12 abr. 1897.

31) "Salve!", *Pacotilha*, 6 jul. 1900.

32) "À exma. sra. d. Ana Esmeralda M. Sá", *Pacotilha*, 11 ago. 1900.

33) "Um brinde à noiva", *Pacotilha*, 11 ago. 1900.

34) "Ao digníssimo colega o sr. Policarpo Lopes Teixeira", *O Federalista*, 19 maio 1903.

35) "Poesia recitada por ocasião das bodas do sr. Eduardo Ubaldino Marques", *Pacotilha*, 20 fev. 1908.

# ÍNDICE EM ORDEM ALFABÉTICA DOS TÍTULOS DOS POEMAS

[Em vão te estende desolada amante], 217
A constância, 179
A dor, que não tem cura, 115
À estremecida Madasinha Serra, 234
À exma. sra. d. Ana Esmeralda M. Sá, 241
A lua brasileira, 31
A mendiga, 93
À minha amiga Terezinha de Jesus, 212
À minha carinhosa amiga a exma. sra. d. Inês Estelina Cordeiro, 40
À minha extremosa amiga d. Ana Francisca Cordeiro, 136
À partida dos voluntários da pátria do Maranhão, 157
À recepção dos voluntários de Guimarães, 78
A uma amiga, 161
A uns olhos, 174
A ventura, 219
A vida, 187
A vida é sonho, 152
Ah! não posso!, 50
Amor, 128
Amor perfeito, 194

Ao amanhecer e o pôr do sol, 184
Ao digníssimo colega o sr. Policarpo Lopes Teixeira, 243
Canto, 124
Cismar, 129
Confissão, 75
Dedicação, 181
Dedicatória, 21
Desilusão, 149
Dirceu, 44
Ela!, 67
Elvira — romance contemporâneo, 197
Embora eu goste, 142
Esquece-a, 72
Hosana, 121
Hosana, 205
Itaculumim, 131
Meditação, 138
Meditação, 191
Meditação, 214
Melancolia, 63
Meus amores, 70
Minha alma, 147
Minha terra, 27
Minha vida, 170
Não me acreditas!, 189

Não me ames mais, 175
Não quero amar mais ninguém, 145
Não, oh! não, 108
Nas praias do Cumã, 141
Nênia, 154
Nênia — a sentida morte da menina d. Júlia Sá, 237
Nênia — a sentidíssima morte de Raymundo Marcos Cordeiro, 228
No álbum de uma amiga, 65
O canto do tupi, 210
O Dia de Finados, 117
O lazarento, 103
O menino sem ossos, 226
O meu desejo, 41
O meu segredo, 47
O pedido, 127
O proscrito, 111
O volúvel, 100
Oferecidos à exma. sra. d. Teresa Francisca Ferreira de Jesus, 168
Poesia recitada por ocasião das bodas do sr. Eduardo Ubaldino Marques, 244
Poesia, 76
Poesia, 82
Poesias, 80
Poesias oferecidas à minha extremosa amiga a exma. sra. d. Teresa de Jesus Cabral por ocasião da sentidíssima morte de seu inocente filho Leocádio Ferreira de Sousa, 165
Por ocasião da passagem de Humaitá, 56
Por ocasião da tomada de Villeta e ocupação de Assunção, 61
Por ver-te, 172
Prantos, 233
Queixas, 119
Recordação, 73
Salve!, 240
Saudades, 177
Seu nome, 68
Sonho ou visão, 53
Súplica, 37
T..., 207
Te-Déum, 84
Tributo de amizade, 51
Um artigo das minhas impressões de viagem, 220
Um bouquet, 106
Um brinde à noiva, 242
Uma lágrima, 24
Uma lágrima — a sentida morte da minha amiga d. Isabel Aurora de Barros Macedo, 231
Uma lágrima sobre o túmulo de Manuel Raimundo Ferreira Guterres, 239
Uma tarde no Cumã, 35
Uns olhos, 160
Vai-te, 55
Visão, 88

Copyright da organização © 2024 Luciana Martins Diogo

Todos os direitos reservados. Nenhuma parte desta obra pode ser reproduzida, arquivada ou transmitida de nenhuma forma ou por nenhum meio sem a permissão expressa e por escrito da Editora Fósforo.

**DIREÇÃO EDITORIAL** Fernanda Diamant e Rita Mattar
**COORDENAÇÃO DA COLEÇÃO E EDIÇÃO** Tarso de Melo
**COORDENAÇÃO EDITORIAL** Juliana de A. Rodrigues
**ASSISTENTE EDITORIAL** Millena Machado
**DIRETORA DE ARTE** Julia Monteiro
**PREPARAÇÃO** Viviane Nogueira da Silva
**ESTABELECIMENTO DE TEXTO** Ronald Polito
**REVISÃO** Andrea Souzedo e Eduardo Russo
**PROJETO GRÁFICO** Alles Blau
**EDITORAÇÃO ELETRÔNICA** Página Viva

A marca FSC® é a garantia de que a madeira utilizada na fabricação do papel deste livro provém de florestas gerenciadas de maneira ambientalmente correta, socialmente justa e economicamente viável e de outras fontes de origem controlada.

Dados Internacionais de Catalogação na Publicação (CIP)
(Câmara Brasileira do Livro, SP, Brasil)

Reis, Maria Firmina dos, 1825-1917
    Cantos à beira-mar e outros poemas / Maria Firmina dos Reis ; [organização Luciana Martins Diogo]. — São Paulo : Círculo de poemas, 2024.

    ISBN: 978-65-84574-62-5

    1. Poesia brasileira I. Diogo, Luciana Martins. II. Título.

24-188184                              CDD — B869.1

Índice para catálogo sistemático:
1. Poesia : Literatura brasileira    B869.1

Cibele Maria Dias — Bibliotecária — CRB-8/9427

circulodepoemas.com.br
fosforoeditora.com.br

Editora Fósforo
Rua 24 de Maio, 270/276, 10º andar
01041-001 — São Paulo/SP — Brasil

**Que tal apoiar o Círculo e receber poesia em casa?**

**O que é o Círculo de Poemas?** É uma coleção que nasceu da parceria entre as editoras Fósforo e Luna Parque e de um desejo compartilhado de contribuir para a circulação de publicações de poesia, com um catálogo diverso e variado, que inclui clássicos modernos inéditos no Brasil, resgates e obras reunidas de grandes poetas, novas vozes da poesia nacional e estrangeira e poemas escritos especialmente para a coleção — as charmosas plaquetes. A partir de 2024, as plaquetes passam também a receber textos em outros formatos, como ensaios e entrevistas, a fim de ampliar a coleção com informações e reflexões importantes sobre a poesia.

**Como funciona?** Para viabilizar a empreitada, o Círculo optou pelo modelo de clube de assinaturas, que funciona como uma pré-venda continuada: ao se tornarem assinantes, os leitores recebem em casa (com antecedência de um mês em relação às livrarias) um livro e uma plaquete e ajudam a manter viva uma coleção pensada com muito carinho.

Para quem gosta de poesia, ou quer começar a ler mais, é um ótimo caminho. E para quem conhece alguém que goste, uma assinatura é um belo presente.

# CÍRCULO DE POEMAS

## LIVROS

1. **Dia garimpo.** Julieta Barbara.
2. **Poemas reunidos.** Miriam Alves.
3. **Dança para cavalos.** Ana Estaregui.
4. **História(s) do cinema.** Jean-Luc Godard (trad. Zéfere).
5. **A água é uma máquina do tempo.** Aline Motta.
6. **Ondula, savana branca.** Ruy Duarte de Carvalho.
7. **rio pequeno.** floresta.
8. **Poema de amor pós-colonial.** Natalie Diaz (trad. Rubens Akira Kuana).
9. **Labor de sondar [1977-2022].** Lu Menezes.
10. **O fato e a coisa.** Torquato Neto.
11. **Garotas em tempos suspensos.** Tamara Kamenszain (trad. Paloma Vidal).
12. **A previsão do tempo para navios.** Rob Packer.
13. **PRETOVÍRGULA.** Lucas Litrento.
14. **A morte também aprecia o jazz.** Edimilson de Almeida Pereira.
15. **Holograma.** Mariana Godoy.
16. **A tradição.** Jericho Brown (trad. Stephanie Borges).
17. **Sequências.** Júlio Castañon Guimarães.
18. **Uma volta pela lagoa.** Juliana Krapp.
19. **Tradução da estrada.** Laura Wittner (trad. Estela Rosa e Luciana di Leone).
20. **Paterson.** William Carlos Williams (trad. Ricardo Rizzo).
21. **Poesia reunida.** Donizete Galvão.
22. **Ellis Island.** Georges Perec (trad. Vinícius Carneiro e Mathilde Moaty).
23. **A costureira descuidada.** Tjawangwa Dema (trad. floresta).
24. **Abrir a boca da cobra.** Sofia Mariutti.
25. **Poesia 1969-2021.** Duda Machado.

## PLAQUETES

1. **Macala.** Luciany Aparecida.
2. **As três Marias no túmulo de Jan Van Eyck.** Marcelo Ariel.
3. **Brincadeira de correr.** Marcella Faria.
4. **Robert Cornelius, fabricante de lâmpadas, vê alguém.** Carlos Augusto Lima.
5. **Diquixi.** Edimilson de Almeida Pereira.
6. **Goya, a linha de sutura.** Vilma Arêas.
7. **Rastros.** Prisca Agustoni.
8. **A viva.** Marcos Siscar.
9. **O pai do artista.** Daniel Arelli.
10. **A vida dos espectros.** Franklin Alves Dassie.
11. **Grumixamas e jaboticabas.** Viviane Nogueira.
12. **Rir até os ossos.** Eduardo Jorge.
13. **São Sebastião das Três Orelhas.** Fabrício Corsaletti.
14. **Takimadalar, as ilhas invisíveis.** Socorro Acioli.
15. **Braxília não-lugar.** Nicolas Behr.
16. **Brasil, uma trégua.** Regina Azevedo.
17. **O mapa de casa.** Jorge Augusto.
18. **Era uma vez no Atlântico Norte.** Cesare Rodrigues.
19. **De uma a outra ilha.** Ana Martins Marques.
20. **O mapa do céu na terra.** Carla Miguelote.
21. **A ilha das afeições.** Patrícia Lino.
22. **Sal de fruta.** Bruna Beber.
23. **Arô Boboi!** Miriam Alves.
24. **Vida e obra.** Vinicius Calderoni.
25. **Mistura adúltera de tudo.** Renan Nuernberger.

## CÍRCULO
## DE POEMAS

Este livro foi composto em GT Alpina e
GT Flexa e impresso pela gráfica Ipsis
em janeiro de 2024. A onda,
que molemente na erma praia
passeia, sente deleite beijando
a branca, mimosa areia.